J. C. 플로리앙이 말했습니다.
천지 창조 이후,
사랑한다고 고백해서
목졸려
죽은 남자는 없다.

사랑하면서…
여자들은 왜 그럴까?

사랑할 때…
남자들은 왜 그럴까?

왼쪽으로 　가는 여자
오른쪽으로 가는 남자

윤석미 지음

출판사 포북

그래서,
그래도,
그러니까……
사랑입니다

사랑은 삼각형 같습니다. 꼭짓점이 세 개 있는 삼각형.

세 개의 꼭짓점 중 두 개는 남자와 여자입니다. 나머지 하나는……

의심, 질투, 오해, 지나친 배려, 과거에 대한 집착 같은

'사랑의 훼방꾼'입니다. 그런데 이런 말이 있습니다.

'사물 가운데 가장 튼튼하고 안정된 모습을 갖춘 것은 삼각형이다.'

그러니 사랑도 삼각관계가 안정적이고 튼튼하지 않을까.

그래서 남자와 여자 말고, 나머지 꼭짓점 하나를

유심히 들여다보게 되었습니다.

사랑한다고 하면서 왜 다투는 것인지,

보고 싶으면서 왜 보고 싶다는 말을 못하는 것인지…….

이 관찰이 사랑 때문에 답답해하는 사람들에게

자그마한 창이 되어 주면 좋겠습니다.

그래서 내 사랑을 답답하게 만드는 것들도 실은

삼각형의 한 꼭짓점이라는 것을 알게 되었으면 좋겠습니다.

그것들이 있어야 온전한 사랑의 삼각형을 이룰 수 있는 거라고.

그리고 참, 왼쪽으로 가는 여자와 오른쪽으로 가는 남자를
관찰하다가 또 하나 얻은 게 있습니다. 상대방의 마음을 먼저 읽고,
내 마음을 보여주려고 하기보다는 내 마음을 먼저 보여주는 게
누군가의 마음을 얻는 데 훨씬 성공적이라는 거.
제가 얻은 이 나머지 꼭짓점 하나 역시
사랑 때문에 가슴앓이를 하는 이들에게 꼭 전하고 싶습니다.
방송을 통해 왼쪽으로 가는 여자를 만나서 제게 길을 내 준
출판사의 몇몇 분, 보기 흉하게 흐트러져 있던 원고를
모양새 좋게 다듬어 준 김수경 씨,
오른쪽으로 가는 남자를 멋들어지게 소화해 주었던 세진이,
그리고 언제 어디서나 고개만 돌리면 그 자리에서 나를 바라봐 주는
금희가 있어 이 책이 만들어집니다.
모두 고맙습니다.

- 윤석미

contents

01 첫, 손 맞춤

그 남자 때문에, 그 여자 때문에 | 10 • 생각만 하고, 망설이고, 꿈만 꾸다가는 | 16 • 여자가 남자를 거절한다는 것 | 20 • 처음입니다 | 26 • 첫, 손 맞춤 | 30 • 구애 | 34 • 눈으로 말하는 여자 | 38 • 마음을 관통하다 | 42 • 전화가 오지 않는 하루 | 46 • 친구 같은 연인 | 50 • 그것이 사랑이다 | 54 • 가혹한, 너무도 가혹한 | 58 • 용기가 필요해! | 62

02 사랑해, 라는 그 말

한 번의 눈짓, 한 번의 악수 | 68 • 사랑해, 라는 그 말 | 72 • 피로회복제 같은 사람 | 76 • 사랑하기 위해 견뎌야 할 것들 | 80 • 이미 사랑할 수 없는 사람 | 84 • 예스 그리고 노 | 88 • 말을 하기 전에는 | 92 • 사랑도 단장이 필요해 | 96 • 당신이 만들어 가는 나의 모습 | 100 • 배려 | 104 • 여자는 변덕쟁이 | 108 • 착한 남자 | 112 • 사랑을 표현하는 방식 | 116 • 내가 잘못했어 | 120

03 여자는 할 수 없어! 남자는 다 그래!

연애의 조건 | 126 • 서로가 원하는 것을 알기까지 | 130 • 사랑할 때 버려야 할 1순위 | 134 • 이상한 남자, 이상한 여자 | 138 • 정말 실망이야! | 142 • 여자의 속마음은 알다가도 모른다 | 146 • 뒤쫓기 | 150 • 여자는 할 수 없어! 남자는 다 그래! | 154 • 이해하기 어려운 존재 | 158 • 거짓말하는 나라 | 162 • 시시하거나 길고 드물게 | 166 • 연애주식회사 | 170 • 연애는 친구를 싫어한다 | 174 • 너무 다른 여자와 남자 | 178 • 대대로 내려오는 착각 | 182 • 남자는 움직이고, 여자는 느낀다 | 186 • 남자와 여자의 피할 수 없는 차이 | 190 • 야수 | 194

04 사랑하는데 왜 불행하지?

너이기 때문에 너를 사랑한다 | 200 • 내겐 당신밖에 없습니다 | 204 • 우리가 서로 사랑하기 전에는 | 208 • 참고 견디는 연습 | 212 • 마음 살피기 | 216 • 미안하다, 미안하다 | 220 • 연애가 깨어지는 이유 | 224 • 전화 한 통 | 228 • 빈 시간 | 232 • 진정한 사랑의 과정 | 236 • 사랑하는데 왜 불행하지? | 240 • 알다가도 모를 마음 | 244 • 휴대전화 속의 사랑 | 248 • 권태 | 252 • 전쟁 같은 사랑 | 256

05 이별, 그 후

그리워할 시간을 주는 일 | 262 • 다른 사람을 사랑하게 되는 일 | 266 • 우리가 사랑하고 있는 동안은 | 270 • 이제 너를 사랑하지 않는다 | 274 • 이별보다 무서운 것은 | 278 • 사랑이란 | 282 • 변하는 것은 사랑이 아니라 사람이다 | 286 • 이별이란 세상을 다 잃는 것 | 290 • 헛된 사랑이었다고 말하지 마라 | 294 • 사랑도 사람이 하는 일이라 | 298 • 이별, 그 후 | 302 • 옛사랑이 살던 가슴에 새 사랑을 품는 일 | 306 • 날 사랑하기는 했던 것일까? | 310

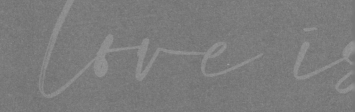

01

Touch

첫, 손 맞춤

그 남자 때문에,
그 여자 때문에……

● 왼쪽으로 가는 여자

거울을 봅니다. 20년 넘게 보아온 거울입니다.

그런데 마치 처음 보는 것 같습니다.

지금까지 나를 이렇게 찬찬히 뜯어본 적이 없습니다.

지나가는 사람들이 고개를 돌리고 쳐다볼 만큼

아름다운 얼굴은 아니지만 외모 때문에 고민해본 적은 없습니다.

그러니 나와는 어울리지 않는 고민입니다.

나는 충분히 매력적이고, 개성 있으며,

내면의 아름다움을 소유하고 있는 사람이니까.

그러나 지금은 아닙니다.

스물두 해를 살아오는 동안 자신 있게 쌓아온 탑이

한순간, 와르르 무너져 내립니다.

나는 이제 아무것도 필요 없습니다.

그저 외모가 아름다운 여자이고 싶습니다. 그 남자 때문입니다.

그 남자가 나타난 뒤로 모든 게 뒤죽박죽, 엉망이 되어버렸습니다.

지금까지 살면서 지키고 쌓아올린 성실과 책임 같은 것은

이제 내겐 하나도 중요하지 않습니다.

외모는 겉포장에 불과하다는 교훈도 가슴에 와 닿지 않습니다.

다만 지금 나는 그저 외모가 근사한 여자이고 싶습니다.
그래서 그 남자의 눈에 특별하게 보였으면 좋겠습니다.
그러나 거울에 비친 얼굴을 보니 자신이 없습니다.
눈은 왜 이렇게 작을까요? 코는 또 왜 이렇게 못났을까요?
나는 오늘도 하염없이 작아집니다.

오른쪽으로가는 남자 ●

처음입니다, 그 녀석이 부러워진 건. 모두 다 그 여자 때문입니다.

녀석은 부자입니다. 아니, 녀석의 아버지가 돈이 많습니다.

녀석과는 고등학교 동창이라 함께한 세월만도 10년이 넘지만,

그사이 돈 많은 아버지를 둔 녀석을 부러워해 본 적은 없습니다.

적어도 내게는 녀석에게 없는 재능이 있다고 생각했으니까……

만일 조물주가 '재능을 줄까, 재산을 줄까?' 선택을 강요했다면

주저 없이 재능을 달라고 했을 겁니다.

그러나 요즘은 그 녀석이 정말, 정말 부럽습니다.

지금 내게 녀석만큼의 여유만 있다면

사랑하는 여자에게 무엇이든 다 해줄 수 있을 테니 말입니다.

여자를 만나기 전에는 사랑만 갖고 싶었습니다.

그러나 사랑하고 싶은 여자, 아니 사랑하는 여자가 나타나자

그동안 철저히 무시해온 돈 앞에 초라해지는 나를 느낍니다.

여자의 눈길이 머무는 옷을 사는 데,

여자가 보고 싶어 하는 공연을 보러 가는데,

여자가 가고 싶어 하는 곳을 찾아가는데,

돈 때문에 주저하는 나…… 참 보잘것없고 변변치 못합니다.

그 여자는 내가 왜 자꾸 주말에만 만나자고 하는지 모를 겁니다.

일주일 동안 쓸 돈을 차곡차곡 모아두었다가

주말이 되면 한꺼번에 쓰는 것을 그 여자가 어떻게 알까…….

그러니 부디, 일주일에 한 번만 만나자는 나를

오해하지 않았으면 좋겠습니다.

여자가 나타난 뒤로 지금까지의 나는 어디론가 사라지고,

한 여자에게 잘 보이고 싶은 초라한 나만 보입니다.

앨프레드 테니슨은 말했습니다.
사랑하는 일과 현명해지는 일,
그 두 가지를 동시에
할 수 있다는 것은
얼마나 어려운 일인가.

love i

생각만 하고, 망설이고, 꿈만 꾸다가는

● 왼쪽으로 가는 여자

'차라리 고장이라도 났다면……'

휴대전화는 멀쩡합니다. 자꾸 한숨만 나옵니다.

도대체 이 남자와 난 어떤 사이일까…… 가슴이 먹먹합니다.

"싫어하니? 싫은 거야?"

누군가 이렇게 묻는다면 아마 그렇지 않다고 고개를 흔들 겁니다.

"그럼 좋아하는 거야? 좋아해?"

이렇게 물어도 '글쎄……' 이 정도밖에는

대답하지 못할 것 같습니다.

하지만 분명한 것은 그가 싫지는 않다는 사실입니다.

'그럼 좋아하는 게 아닐까?'

아, 모르겠습니다.

'그 남자도 네가 좋대?'

나는 자꾸 내 마음에게 묻습니다.

남자도 내가 싫은 것 같지는 않습니다.

그렇다고 한눈에 반한 것 같지도 않습니다.

문득,

'혹시 그 남자가 내게 한눈에 반했기를 바라고 있었던 건 아닐까?'

하는 생각이 듭니다.

만약 처음 만나고 헤어진 다음 날,

그 남자가 '당신을 매일 만났으면 좋겠습니다'라고 해주었다면,

만약 그 남자가 농담으로라도 하루에 두 번씩 만났으면

좋겠다는 말을 했다면,

만약 그 남자가 잠들 때마다 꼬박꼬박 문자 메시지나

전화로 밤 인사를 했다면,

지금보다 훨씬 더 그 남자와 가까워졌을지도 모릅니다.

그러나 남자는 어디서 무얼 하는지 며칠째 소식조차 없습니다.

먼저 연락해 볼까 하다가 휴대전화를 내려놓습니다.

남자가 "무슨 일로 전화했느냐?"고 물으면

민망하고 무안할 것 같아서입니다.

연애 사업은 잘 돼가느냐고 친구가 묻습니다.

가슴으로 세찬 겨울바람이 붑니다.

하루 종일은 아니지만 오늘도 간간이 그 여자 생각을 했습니다.

석 달 전쯤 만나 몇 번 데이트를 했습니다.

한번쯤은 먼저 찾아주어도 좋으련만 여자는 좀처럼

먼저 찾는 법이 없습니다.

그다지 만나고 싶지 않은데 만나주는 것 같아서

전화하기가 점점 더 어렵게 느껴집니다.

'혹시 내가 귀찮은 존재는 아닐까?' 하는 생각까지 듭니다.

"왜 그 여자가 싫어? 아니면 여자가 널 싫다고 해?"

친구가 내 눈치를 보며 묻습니다.

친구의 말대로 그 여자나 나나 싫은 감정이었다면

석 달이나 만났을까 싶습니다.

싫어하는 것 같지는 않은데 도통 여자의 마음을 알 수가 없습니다.

문득 '넌 네 가슴을 다 열어 보여주었니?' 하는 생각이 듭니다.

마음 같아서는 저녁 시간을 함께 보내고 싶습니다.

하지만 남자는 '술이나 한잔하자'는 친구를 따라나섭니다.

친구를 따라가다 말고 혹시나 싶어 휴대전화를 확인해 봅니다.

그러나 휴대전화는 그 기대를 무참히 저버립니다.

대체 나를 어떻게 생각하고 있는지……

여자의 마음을 알고 싶습니다.

보이지 않아 알 길 없는 여자의 마음.
'마음 없는 여자에게 마음을 내어 달라고 졸라도 되는 것일까?'
바보처럼 허공에 묻고 또 묻습니다.

안톤 체호프가 말했습니다.
너무 생각만 하고, 망설이고,
이상적이거나 진실한 사랑만을
꿈꾸다가는
아무것도 안 된다.

여자가 남자를 거절한다는 것

● 왼쪽으로 가는 여자

업무로 인한 약속이 있습니다.

약속 시간은 5시. 아직 15분이 남았습니다.

다행히 창가 쪽에 빈 테이블이 있습니다. 운이 좋은 날입니다.

테이블 위에는 물잔이 놓여 있습니다.

누군가 방금 나간 모양입니다.

아직 테이블 정리가 되지 않았지만 그래도

창가 쪽이라 그 자리에 앉습니다.

약속한 사람도 조금 일찍 도착했습니다.

그런데 웬 낯선 남자가 걸어오더니 나를 만나러 온

남자와 인사를 나눕니다.

그러고는 테이블 위에 놓여 있는 물잔을 들고

스스럼없이 마시면서,

"여기가 제자리인 줄 어떻게 아셨어요?"라고 묻습니다.

이 사람이 바로 빈 테이블 위에 있던 물잔의 주인인가 봅니다.

나를 만나러 온 사람이 부랴부랴 해명합니다.

"미안합니다. 잠시 후배를 만날 일이 있어서
이리로 오라고 했습니다."
나와 약속한 남자의 후배라는 남자.
그 남자와 눈인사를 나누는데 심장이 제멋대로 뛰기 시작합니다.
남자를 자꾸 의식하게 됩니다.
두 남자는 제법 진지한 이야기를 나누고 있습니다.
두 남자는 그렇게 심각한데 내 가슴은 아이처럼
두근두근 뛰고 있습니다.
내 심장 소리가 새어나갈까 봐 노심초사하고 있는데
약속한 남자가 물었습니다.
"괜찮다면 셋이 함께 저녁 식사 할까요?"
'만세! 이대로 헤어지지 않아도 된다니……'
나는 무조건 찬성입니다. 그런데 어쩌자고
마음에도 없는 말이 입 밖으로 튀어나오고 말았는지.
"아니에요. 전 괜찮습니다. 그냥 두 분이 드세요."
만약 후배라는 그 남자가 한 번 더 권했다면 못 이기는 척
따라갔을지도 모릅니다.
그러나 그는 전혀 상관없는 일이라는 듯 무심히 앉아 있다가
겨우 한 마디 거듭니다.
"형, 저분은 다른 약속이 있으신가 봐요."
아까부터 가슴을 두근거리게 한 남자의 무관심이
비수처럼 가슴에 꽂힙니다.
나는 아까보다 더 힘껏 뛰는 가슴을 다독입니다.
내 심장이 뛰고 있다는 것을 들키면 절대로 안 되기 때문입니다.

선배를 만나기 위해 서둘러 약속 장소로 향했습니다.

선배에게는 선약이 있다고 했으나 뒤로 미룰 일이 아니라는
생각에 찾아갔습니다.

그곳에서 우연히 한 여자를 만났습니다.

선배에게 선약이 있다는 건 알고 갔지만

그 사람이 여자라는 건 몰랐습니다.

이상하게 남자들과의 원만한 관계와 달리,

여자들 만나는 일은 편치 않습니다.

오늘도 나는 예의 당황했지만 선배 덕분에 어색한 모습을
들키지는 않았습니다.

참 소탈해 보이는 여자였습니다.

하지만 그 소탈함만이 전부는 아닐 것 같은 여자,

바보가 아니면서 필요할 때 바보인 척할 줄 알 것 같은 여자,

상냥하고 친절하지만 그것이 전부는 아닌 것 같은 여자.

이상하게 여자에게 끌렸습니다.

그러나 여자는 셋이 함께 저녁 식사를 하자는

선배의 제의를 한 번에 거절했습니다.

보면 볼수록 괜찮아 보이는 여자의 거절.

갑자기 지병이 도지기 시작합니다.

여자 앞에만 서면 작아지는 소심증.

마음은 '그러지 말고 시간 좀 내주시죠.

같이 저녁 식사나 합시다'라고 말하라 시키는데

정작 입 밖으로 나온 말은,

"여자분이 다른 약속이 있나 봅니다"였습니다.

한심하기 그지없습니다.

마음에 드는 여자에게 함께 식사하자는 말도 못하는 나.

한마디로 참 못났습니다.

마음 같아서는 선배를 먼저 보내고,

여자와 단둘이 있고 싶은데…….

그만 마음에도 없는 나의 말 때문에 여자와 헤어지고 말았습니다.

여자가 미련 없이 자리에서 일어나 인사를 하고 나갑니다.

저 여자에게는 나와 같은 마음이 전혀 없나 봅니다.

전혀 서운해하지 않습니다.

조금 섭섭합니다.

그러나 선배에게 물어보면 여자의 연락처를 알 수 있습니다.

아주 희망이 없는 건 아닙니다.

다만 지금 여자가 너무 미련 없이 일어섰다는 것 때문에

망설여집니다.

제인 오스틴이 말했습니다.

젊은 여성들은

남자에게 구애를 받으면

마음속으로는 받아들이고 싶으면서도

일단 거절하는 것이 보통이다.

때로는 두세 번씩 거절하는 일도 있다.

처음입니다

● 왼쪽으로 가는 여자

눈을 감고 내가 나에게 말을 걸어 봅니다.

'너는 그 남자에 대해 아는 게 하나도 없지?'

내 안의 또 다른 내가 반문합니다.

'그게 무슨 상관이지?' 뜻밖입니다.

지금까지의 나는 이런 여자였습니다.

'남자를 사귀려면 그 남자의 직업, 비전,

부모는 무슨 일을 하며 살아온 사람인가,

형제들의 사는 형편은 어떠한가?

적어도 이 정도는 알고 시작해야 한다.

성격이나 취미는 만나면서 차츰 알아가도 되지만

직업이나 사는 형편은 만나기 전에,

정들기 전에 반드시 알아두어야 한다. 다른 여자들은 몰라도

적어도 나는 그렇다…….'

그런데 지금 나는 그런 것들이 무슨 상관이냐고 스스로

반문하고 있습니다. 혼란스럽습니다.

지금껏 단 한 번도 남자에게 먼저 마음을 내보인 적이 없습니다.

상처받는 것이 두려워서,

이 사람과의 헤어짐이 훗날 내게 어떤 화살이 되어

날아올지 알 수 없어서,

나는 늘 그 자리에 서 있었습니다.

그러니 처음입니다.

이런 내 마음을 보여주고 싶다는 생각이 걷잡을 수 없이

소용돌이치는 것,

정말 처음 있는 일입니다.

그리고 또 처음입니다.

'저 사람 마음에도 내가 있을까?' 하고 조심스럽게 생각해 보는 것.

정말 처음 있는 일입니다.

'내가 이런 남자였었나?'

혼란스럽습니다.

내게 이토록 순수한 감정이 남아 있었는지…… 믿기 힘듭니다.

나는 그런 사람이었습니다.

'사랑을 믿지 않는 남자, 여자는 무조건 예뻐야 한다고

생각하는 남자, 똑똑한 여자는 남자를 피곤하게 한다고

생각하는 남자, 함께 다닐 때 낯선 이들이

슬쩍 쳐다보곤 하는 여자를 좋아하는 남자.'

지금 내 머릿속을 채우고 있는 여자는 평소 마음에

그리던 여자의 모습이 아닙니다.

어쩌면 이 여자와 하고 싶은 사랑은 지금까지 해온

사랑이 아닐지도 모르겠습니다.

처음입니다.

선불리 전화를 걸 수 없는 것,

내가 여자를 생각하는 마음보다 그 여자가 나를 생각하는 마음이

어떤 빛깔일까를 먼저 생각해 보는 것,

거울에 비친 내 모습이 마음에 들지 않는 것,

마음으로는 수도 없이 여자에게 전화를 걸었다 끊었다 하는 것.

지금까지 해보지 못한 경험입니다.

여태 느껴 보지 못한 감정들입니다.

엉킨 실타래 같은 내 마음을 어디서부터
어떻게 풀어 나가야 좋을지 모르겠습니다.
'세상에! 네가? 너 같은 놈이?'
내 안의 내가 더 놀랍니다.

로버트 제임스 윌러가 말했습니다.
당신이 내 안에 있는지, 또는 내가 당신 안에 있는지,
내가 당신을 과연 소유했는지,
확신하지 못하겠습니다.
우리 둘은 '우리'라는 새로 만들어낸
다른 존재 안에 있다는 생각이 듭니다.
우리 둘 다 스스로를 잃고 다른 존재를,
우리 두 사람이 서로 얽혀 들어 하나로만 존재하는
그 무엇인가를 창조해낸 겁니다.
맙소사! 우린 사랑에 빠졌습니다.

첫, 손 맞춤

지금 나는 참 행복합니다.

반면 이 행복이 내게서 떠날까 불안하기도 합니다.

남자의 마음을 받아들이기 전, 내게 불안 따위는 없었습니다.

그때는 그가 떠나가도 그만이라고 생각했습니다.

하지만 내게 최선을 다하는 남자의 모습에

그만 마음의 문을 활짝 열어 주었고,

마음 문을 열고 나니 행복하면서도

'혹시 그 남자가 떠나가지는 않을까?' 전에 없이 불안합니다.

'이 사람이 정말 나를 사랑하는 걸까?'

마음속에는 의문부호만 자꾸 늘어갑니다.

'이제 너 외에 다른 누구도 사랑할 수 없을 것 같다.'

'태어나 너를 만난 것이 내겐 가장 큰 행운이다.'

달콤한 말이라도 들려준다면 한결 덜 불안할 텐데

남자는 아직 내 손도 잡지 않았습니다.

'정말 순진한 사람이거나 아니면 진짜 바람둥이거나!'

남자를 잘 안다는 친구들의 조언입니다.

내 눈에는 그 어느 쪽도 아닌 것 같습니다.

'혹시 오늘은?'

그러나 남자는 오늘도 손끝 한 번 스치지 않고 집까지

데려다 주고 갔습니다.

물론 사랑한다는 고백도 하지 않았습니다.

그저 애틋하게 바라보거나, 따뜻한 음성으로 말을 건네고,

내가 무엇을 좋아하고 무엇을 싫어하는지 표시나지 않게

살피다 돌아갔습니다.

친절한 사람.

길을 걷다가 불쑥 선물 가게로 들어간 그가

벙어리장갑 하나를 사들고 나왔습니다.

"추워요. 끼고 다녀요."

기왕이면 손에 끼워 주지…… 아쉬움이 남습니다.

아쉬운 마음을 가득 담아 집으로 가고 있을 남자에게

문자 메시지를 보냅니다.

'장갑, 고마워요. 조심해서 들어가세요.'

여자를 데려다 주고 집으로 가는 길은 허전하고 쓸쓸합니다.

헤어지기 싫은 마음을 애써 참고 돌아서려니 그런가 봅니다.

벙어리장갑을 끼고는 아이처럼 좋아하던 여자.

내게 능력이 아주 많아서 여자가 좋아하고 행복해하는 일은

무엇이든 다 해주고 싶습니다.

하지만 마음이 무겁습니다.

마음이 무거운 탓에 오늘도 여자의 손을 잡지 못했습니다.

여자가 긴 머리카락을 쓸어내릴 때,

손을 잡고 싶은 걸 꾹꾹 참았습니다.

길고 가느다란 손……

누군가 스케치북을 주며 여자의 손을 그려 보라고 하면

똑같이 그릴 수 있을 것 같습니다.

그만큼 눈 안에, 마음 안에, 깊이 담아 둔 손입니다.

그런데도 여자를 만나면 만날수록 점점 더 자신이 없어집니다.

'이 여자에게 내가 과연 뭘 해줄 수 있을까?'

나 자신이 더할 나위 없이 초라해집니다.

누구보다 사랑해 줄 자신감은 차고 넘치지만,

누구보다 더 잘해 줄 수 있다는 자신감은 없습니다.

그 여자를 사랑해도 되는 건지 잘 모르겠습니다.

사랑이 시작되면서 고통도 함께 시작되었습니다.

이런 내 마음을 전혀 모르는 여자.

내게 문자 메시지를 보냈습니다.

'장갑, 고마워요. 조심해서 들어가세요.'

스탕달이 말했습니다.
연애에서 가질 수 있는
최고의 행복은
사랑하는 여자의 손을
처음으로 잡아 보는 것이다.

Love is Touch

구애

집을 나서는데 발끝에 낙엽이 차입니다.

잔잔한 감동을 주는 영화 한 편 보고 싶다는

생각이 가슴을 스칩니다.

'이런 날, 영화표 두 장을 손에 쥐고 찾아오는 남자가 있다면?'

내친김에 꿈도 꿉니다.

때맞춰 울리는 휴대전화 문자 메시지.

그 남자입니다.

'영화표를 예매해 두었습니다. 거절하면

아까운 표 두 장을 버리게 됩니다.'

타이밍이 참 절묘합니다.

'지칠 때도 됐는데……'

남자가 보낸 문자 메시지를 들여다보는데

어쩐 일인지 싫지는 않습니다.

'내가 뭐 그리 대단한 존재라고 나를 이토록 생각해 주는 걸까?'

마음이 슬쩍 기우는 것을 느낍니다.

그러면서도 선뜻 답장을 하게 되지는 않습니다.

버스를 타고 가다가 남자가 보낸 문자 메시지를

한 번 더 들여다봅니다.

그러고도 두어 번쯤 더 망설이다가 짧은 답장을 보냅니다.

'네.'

이후 무려 여섯 개의 문자 메시지가 연달아 도착합니다.

흥분, 설렘, 기대, 기쁨, 그리고 감사의 마음이 글자마다

배어 있습니다. 여섯 개의 문자 메시지를 연달아 받았는데도

내 가슴은 아무렇지

않습니다.

그래서 나머지 여섯 개의 문자 메시지에는 답장을

보내지 않습니다.

'만나면 내가 왜 그렇게 좋은지 물어나 보자.'

남자의 진정에 내 마음이 비로소 무릎을 꿇습니다.

집을 나서는데 보도블록 위에 낙엽이 뒹굽니다.

그 여자 생각이 납니다.

"그 여자는 네게 관심도 없는데,

넌 왜 그렇게 그 여자가 좋은 거냐?"

사람들이 물어볼 때마다 생각합니다.

'난 왜 그 여자가 좋은 걸까?'

딱히 이유라고 할 만한 것이 없습니다. 그냥 좋습니다.

오늘 같은 날, 그 여자와 영화를 보고 다정히 걸으면

참 좋을 것 같습니다.

'분명히 싫다고 하겠지?'

그래도 혹시나 싶어 여자에게 문자 메시지를 보내 봅니다.

역시 짐작대로입니다.

사랑의 묘약이란 것이 있다면 무슨 수를 써서라도 사다가

그 여자에게 먹이고 싶습니다.

하지만 같은 하늘 아래 살고 있다는 것만으로 만족하자,

이내 마음을 고쳐먹습니다.

'혹시 문자 메시지를 못 본 건 아닐까? 한 번 더 보내 볼까?'

갈등하는 그 순간에 답장이 왔습니다.

지금까지 수없이 많은 문자 메시지를 보냈습니다.

그런데 답장은 이번이 처음입니다.

"지칠 때까지 문을 두드려 보는 거야. 그 여자가 지칠 때까지가

아니라 네가 지칠 때까지."

친구의 조언은 적중했습니다.

무엇부터 해야 할지 갈피를 잡을 수 없습니다.

잠시 우왕좌왕하다가 먼저 여자에게

만날 장소와 시간부터 정해 보냈습니다.

그리고 지금부터 달립니다. 영화관으로.

셰익스피어가 말했습니다.
그녀는 아름답다.
따라서 남자가 구애하는 것은
당연하다. 그녀는 여자다.
따라서 설득되지 않을 리 없다.

눈으로 말하는 여자

● 왼쪽으로 가는 여자

"오늘은 그 남자 안 만나?" 친구가 묻습니다.

"만나자는 말을 하지 않네. 전화도 없고."

심드렁하게 대답하자 친구가 눈을 흘깁니다.

"너 또 퉁명스럽게 굴었지?"

남자의 얼굴이 스칩니다. 순하고 착해 보이던 남자의 얼굴.

남자는 그 착해 보이는 얼굴로 물었습니다.

"제가 마음에 들지 않나 보군요."

'그렇지 않은데요'라고 말하고 싶었지만

마음을 표현하지 못했습니다.

'마음에 들지 않는데 만나러 나오나요?' 속으로만 중얼거렸을 뿐.

남자는 아이처럼 솔직했지만, 나는 솔직하지 못했습니다.

겨우 세 번 만난 남자에게 "당신이 마음에 들어요"라고

말할 용기가 없었습니다. 남자는 내가 자신을 마음에

들어하지 않는다고 오해하고 있습니다.

"그러지 말고 네가 먼저 연락해 봐. 마음에 든다며? 괜찮다며?"

"아니, 그 남자와 내 인연이 여기까지인가 봐. 내가 정말 좋다면,
내가 퉁명스럽게 굴어도 전화하지 않겠어?
내가 그렇게 좋으면 만나자고 조르지 않겠냐고."

나의 말에 친구는 그렇지 않다고 말합니다.

"그 남자는 네 마음을 모르고 있잖아.
내 마음은 이렇다고 말을 해야 알지!"

하지만 내 생각은 다릅니다.

'여기서 연락이 끊긴다면 우리의 인연은 여기까지인 거다.
나를 좋아하는 마음이 그 정도일 뿐인 거다.'

자꾸 그런 마음이 고개를 듭니다.

그렇게 당당한 여자는 처음입니다.

한데 그 모습이 마음을 끌어당깁니다.

나는 늘 내게 불만입니다. 언제나 이상하게 주눅 들어 있다는 것,
다른 사람들은 인정하지 않지만 이상한 열등의식이 있다는 것.
친구들은 이런 내게 '겸손도 지나치면 죄악이다'라고 말합니다.
"잘생겼지, 공부 잘하지, 운동 잘하지, 친구들 사이에 인기 많지,
남들 다 부러워하는 직업도 가졌지. 대체 넌 네 자신이
뭐가 부족하다고 생각하는 거냐?"
더러 심각하게 물어오는 친구도 있습니다.

어려웠던 지난날 탓인지도 모릅니다.

집안이 어려워서 늘 남의 도움을 받으며 살았습니다.
그래서 '참 똑똑하다'는 말 앞에 '그럼에도 불구하고'라는 말이
꼭 따라다녔습니다.

'집은 가난하지만 그럼에도 불구하고 공부는 참 잘한다'라는 말.
'그럼에도 불구하고'라는 말은 내게 절반이 부족하다는 사실을
늘 잊지 않게 해주었습니다.

그래서 나는 늘 당당하지 못하다고 생각하는 것인지도……

여자에게 만나자고 말하기가 두렵습니다.

만나자고 했을 때 바쁘다고 하면 뭐라고 말해야 할지 몰라서입니다.
그 여자가 나를 어떻게 생각하는지 그 마음을 보여주면
용기가 날 것도 같은데. 그래서 슬쩍 '제가 마음에

들지 않나 봅니다' 하고 말을 건네보았지만
여자는 긍정도 부정도 하지 않았습니다.
나에 대한 거절이 분명합니다.

빅토르 위고가 말했습니다.
여자가 말을 하고 있을 때는
그 눈만이 진실을 말해 준다.

마음을 관통하다

● 왼쪽으로 가는 여자

오늘로 두 번째 만남입니다.

선배의 소개로 만난 남자의 첫인상은 그저 밋밋했습니다.

연락이 오면 만나고, 연락이 없으면 안 만나고……

그래도 별로 섭섭하지 않을 것 같은 남자.

그 남자가 일주일쯤 지나 연락을 했습니다.

만날 시간과 장소를 정하고 돌아서다가

'괜히 나간다고 한 것 같아' 하면서 후회했습니다.

약속을 취소하는 게 만나는 것보다 훨씬 더 번거로울 것 같아

후회를 접었을 뿐입니다.

두 번째 만남의 장소는 남자가 정했습니다.

처음 약속 장소는 선배가 정했었습니다.

두 곳의 분위기가 전혀 다릅니다.

"제가 자주 가는 곳으로 정해도 되겠습니까?"

약속 장소를 정할 때 남자가 한 말이 기억납니다.

그렇다면 남자의 취향을 알 것 같습니다. 나쁘지 않습니다.

약속 시간을 조금 넘겨 도착한 남자는

5분 정도 늦은 것이 무슨 큰 잘못이라도 되는 양 사과를 합니다.

두 번째 만남이고, 아직 어색한 사이니 충분히 그럴 수 있습니다.

남자는 휴대전화를 꺼내 내 앞에서 전원을 껐습니다.

'혹시 만나는 여자가 있는 건 아닐까?'

살짝 의심이 갔지만 의심도 병이라고 마음을 다독입니다.

전에 사귀던 남자는 무려 1년 가까이

나와 다른 여자 사이를 오가며 만났습니다.

틀림없이 그때 생긴 병일 겁니다.

"저는 제가 만나는 상대방에게 최선을 다하기 위해

항상 휴대전화를 꺼놓습니다.

앞으로 제 휴대전화가 꺼져 있으면

누군가를 만나고 있다고 생각하시면 됩니다."

진솔한 한 마디의 말.

아무래도 이 남자를 좋아하게 될 것 같습니다.

맞은편에 앉아 있는 사람을 위해 휴대전화를 끄는 남자.

그 남자가 내 가슴 안으로 거인처럼 성큼성큼 걸어 들어옵니다.

1년 전. 한 여자와 헤어졌을 때,

다시는 여자를 만나지 않겠다고 결심했습니다.

그러나 1년도 채 지나지 않아 다른 여자를 만났습니다.

"너를 위해서가 아니라 혼자인 너 때문에 힘든 날 위해서다."

선배에게 강제로 등 떠밀려 나간 자리.

그 여자에게서는 아련한 슬픔이 전해졌습니다.

1년 전에 헤어진 사랑이 남기고 간 것이 있다면

'감정도 물처럼 흐르는 것'.

여자는 두 번 다시 연애하지 않겠다고 결심한 내 마음을

흔들어 놓았습니다. 일주일쯤 지나 전화를 했습니다.

"만나서 밥 먹고, 영화 보고, 차 한잔합시다."

마음 같아서는 여자보다 좋은 친구로 만나고 싶습니다.

5분 정도 늦었는데 여자가 먼저 와 있습니다.

헤어진 여자는 번번이 늦게 나오곤 했었는데⋯⋯.

도착하자마자 휴대전화를 끄니 여자의 낯빛이 살짝 변합니다.

그래도 먼저 묻지 않고, 이유를 말해 줄 때까지 기다립니다.

여자를 다시 보게 됩니다.

휴대전화를 왜 끄는지 이유를 말해 주자 환하게 미소 짓습니다.

'이 여자는 자기의 미소가 상대방을 얼마나

편안하게 해주는지 알고 있을까?'

이 여자와 날마다 영화를 보고 싶어질지도 모르겠습니다.

여자의 미소가 보기 참 좋습니다.

여자가 어떤 이야기를 할 때 미소를 짓는지 알고 싶습니다.

그래서 자꾸 말이 많아집니다.

마티아스 클라우디우스가 말했습니다.
사랑을 막을 수 있는 것은 아무것도 없다.
사랑은 문이나 빗장도 모른 채
모든 것의 속을 관통하며 나아간다.

전화가 오지 않는 하루

● 왼쪽으로 가는 여자

전화가 오지 않는 하루가 또 지나고 다시 아침입니다.
전화만 오지 않았을 뿐 달라진 것은 아무것도 없는데…….
마음은 폭풍우 속의 바다입니다.
기다리는 전화가 오지 않는다는 게
이렇듯 고통스러운 일이라는 걸 몰랐습니다.
두 달 전쯤, 한 남자를 소개받아 만났습니다.

두 번째 만나 헤어질 때, 남자가 말했습니다.

"제가 전화를 하겠습니다."

유독 '제가'라는 말에 힘주어 말하던 남자.

친구들은 조금만 더 기다려 보라고 대수롭지 않게 말하지만,

유난히 '제가'라는 말을 강조하던 남자의 음성 때문에

속을 끓입니다.

'연락하기 전에는 전화하지 않았으면 좋겠다'는

말이 아닐까 싶어서.

남자에 대한 좋은 느낌을 너무 감추었던 건 아닐까?

마음을 드러내는 데 인색한 내 성품이 야속합니다.

'아니야. 차 한잔 마실 시간이 없을 만큼 바쁠 수도 있어.

갑자기 불가피한 사정이 생겨서

연락을 할 수 없을지도 몰라. 아니면 휴대전화를 물에

빠뜨려 전화번호를 모를 수도 있어.'

혼자 소설을 써 봅니다.

'내가 걸어 볼까?' 휴대전화를 만지작거립니다.

'제가 전화를 하겠습니다'라는 말만 하지 않았어도

내 쪽에서 먼저 연락을 했으련만.

남자는 왜 자기가 전화하겠다는 말을 한 것인지······.

누군가 나서서 '그건 이래서야!'라고 정답을

이야기해 주면 좋겠습니다.

답답한 마음에 나는 자꾸 나 자신에게 묻고 있습니다.

'내가 싫은가? 마음에 들지 않나?'

주말을 보내고 나니 그 여자 생각이 납니다.

연락을 기다리고 있을 텐데…… 마음이 무겁습니다.

첫인상이 참 좋았던 여자. 그다음 주말에 한 번 더,

그다음 주말에 한 번 더 만났을 때도

첫인상의 느낌은 흐려지지 않았습니다.

그러나 왠지 '바로 이 여자다'라는 생각은 들지 않습니다.

만약 내가 지금보다 조금만 어리다면,

가벼운 마음으로 데이트나 하면서

관계를 이어 나갔을지도 모릅니다.

하지만 이제 가볍게 데이트나 할 처지는 아니라고 생각합니다.

그래서 망설이는 중입니다.

평일에는 정신없이 바빠서 연락할 마음의 여유가 없었습니다.

한 주 동안 쌓인 피로를 풀기 위해 주말에는 푹 쉬었습니다.

그러나 주말에 데이트 약속을 잡지 않은 것은

다분히 의도적인 마음이었습니다.

푹 쉬면서 그 여자에 대한 감정을 정리해 보려는 의도.

공백의 시간 동안 마음이 여자에게 달려가면

진지하게 만나볼 생각이었습니다.

그러나 주말이 다 지나도록 마음은 답을 주지 않습니다.

그 여자에게서 호감의 눈빛을 보았던 것이 마음에 걸립니다.

혹시 여자에게 상처를 주는 건 아닐까…… 염려가 됩니다.

'이대로 연락하지 않는다면 내 마음을 알아차릴까?'

그래 준다면 좋겠지만 예의 없는 사람이 되는 것 같아

마음이 편치 않습니다.

이대로 한 주만 더 지내 볼까 싶기도 하지만

그렇게 되면 말을 꺼내는 일이 더 어려워질 것 같습니다.

마지막으로 만나서 내 마음을 전해야겠습니다.

그런데 이 마음을 어떻게 전해야 할지,

마음에 천 근 무게의 추 하나가 달립니다.

남자와 여자가 만나 인연을 맺고, 그 인연의 고리를 푸는 것은

참 어려운 일입니다.

그래서 자꾸만 똑같은 생각만 되풀이합니다.

'더 이상 연락하지 않는다면? 그냥 이대로 있게 된다면?'

오즈 야스지로가 말했습니다.
남녀 관계에서 단둘이
저녁 식사를 세 번씩이나 갖고도
아무 일 없을 때는
단념하는 것이 좋다.

친구 같은 연인

오늘은 약속이 두 개나 있습니다.
먼저 친구들을 만나고, 슬그머니 빠져나와
남자 친구를 만나러 가야 합니다.
친구들과 신나게 수다를 떨고 남자를 만나러 갔습니다.
그런데 남자와 마주 보고 앉아 있는 시간에
문득 이런 생각이 스칩니다.
'친구들과는 입이 아프도록 나누던 이야기들을
왜 이 남자하고는 나누게 되지 않을까?'
특별히 이 남자만 그런 것은 아닙니다.
헤어진 남자와도 그랬습니다.
생각이 너무 달라서 헤어졌던 남자.
친구들과 주고받는 것처럼 대화를 나누었다면
어느 날 갑자기 '생각이 달라도 너무 다르다'는
이별 통고를 받지는 않았을지도 모릅니다.

남자 친구 이야기, 쇼핑 이야기, 엄마와 다툰 이야기,

남 흉보기, 돈 버는 이야기, 남자에 관한 이야기······.

친구들을 만나면 자연스럽게 나오는 대화가

남자를 만나면 어디로 가버렸는지 꼭꼭 숨어 버립니다.

문득 이런 생각이 스칩니다.

'이 남자 앞에 앉아 있는 나는 근사한 포장지를 걸친

껍데기일 뿐이다' 하는 생각.

나는 그 포장지를 벗겨내기로 합니다.

가장 나다운 대화는 무엇일까? 고민하다가 남자에게 물었습니다.

"저기, 저 여자가 입고 있는 옷 어때요?"

남자는 내가 가리키는 여자를 힐끔 쳐다보더니

아주 짧게 대답했습니다.

"네, 좋네요."

오늘도 고민스럽습니다.

'여자를 만나면 무얼 할까? 무슨 이야기를 나눌까?'

여자들이 만나서 무엇을 하는 걸 좋아하는지 잘 모르겠습니다.

어떤 이야기를 나누어야 할지도 모르겠습니다.

동창 녀석들을 만나러 갈 때는 이렇지 않습니다.

그저 그 자리에 있기만 하면 됩니다.

그렇다고 친구들 만나서 나누는 펀드 이야기를 할 수도 없고,

당구나 한 게임 하자고 할 수도 없어

만날 때마다 '대략난감'입니다.

사실 여자와 함께 있는 것만으로도 충분합니다.

그렇다고 입 다물고 있을 순 없는 일입니다.

그래서 여자를 만나러 나갈 때마다 늘 큰 숙제를 안고 갑니다.

조제프 주베르는 말했습니다.
당신의 결혼 상대자는
만약 그 여자가 남자라면
친구로서 선택하리라 생각되는
그런 여자를 선택하라.
좀 더 간단히 말해 그가 남자였다면
친구로 택했을 여자를 아내로 맞이하라.

누나가 친구들과 전화를 걸 때 주로 나누던 이야기들,
친구들과 모이면 주고받던 이야기들을 더듬어 봅니다.
그런데 참 이상합니다. 분명 듣기는 들었는데
무슨 이야기를 들었는지 통 기억이 나질 않습니다.
누나가 잘하는 일 중 하나가 한 시간이 넘도록 통화하기입니다.
그 옆에 수도 없이 앉아 있었는데 그때 무슨 이야기가 오갔는지
통 생각나질 않습니다.
오늘따라 여자도 말이 없습니다.
아까부터 멀뚱멀뚱 쳐다보고만 있더니 뜬금없이
'저기, 저 여자가 입고 있는 옷이 어떠냐?'고 묻습니다.
반사적으로 고개가 돌아갔다 다시 돌아옵니다.
솔직히 어떤 여자 옷이 마음에 드는지도 잘 모르겠습니다.

그것이 사랑이다

사랑이 무엇인지 모릅니다.

사랑을 해본 적도 없습니다.

이러다 영영 사랑을 모를 수도 있을 것 같습니다.

불과 한 달 전까지만 해도 나는 이렇게

사랑을 모르는 사람이었습니다.

지금은 사랑이 무엇인지 어렴풋이 알 것 같습니다.

'이런 게 사랑 아닐까?' 묻게 되는 감정들.

내 머릿속은 그 남자에 대한 생각으로 가득 차 있습니다.

머릿속에 있던 모든 생각들을 다 비우고,

남자만 담아 둔 것 같습니다.

거울을 보는데 거울에 그 남자가 보입니다.

친구를 만나러 가도 나는 그 남자와 같이 있습니다.

무얼 해도, 어딜 가도 그 남자가 그림자처럼 따라붙습니다.

나도 그 남자의 그림자가 되고 싶어 미칠 것 같습니다.

남자의 일상이 너무도 궁금합니다.

그런데 물어볼 수가 없습니다.

그 남자를 알고부터 '그 남자라면 어떻게 생각할까?'

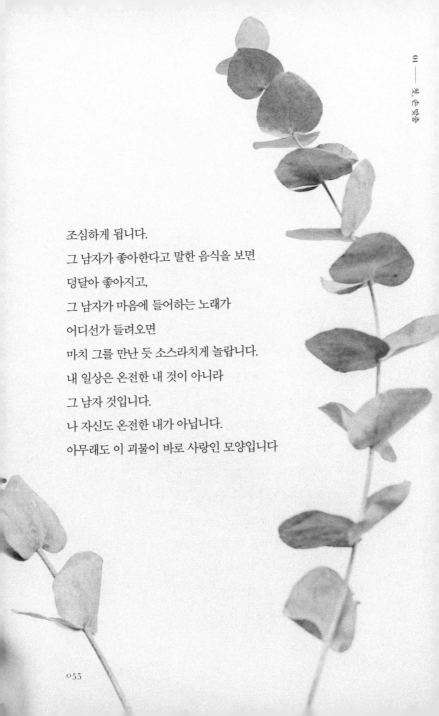

조심하게 됩니다.

그 남자가 좋아한다고 말한 음식을 보면

덩달아 좋아지고,

그 남자가 마음에 들어하는 노래가

어디선가 들려오면

마치 그를 만난 듯 소스라치게 놀랍니다.

내 일상은 온전한 내 것이 아니라

그 남자 것입니다.

나 자신도 온전한 내가 아닙니다.

아무래도 이 괴물이 바로 사랑인 모양입니다

이제부터는 모든 일이 잘 풀릴 것 같습니다.

그 여자가 내게 마법을 부렸습니다.

그 여자가 나를 만나 준 그 순간부터

나는 터미네이터가 되었습니다.

무서운 게 없습니다. 두려운 것도 없습니다.

'싱싱하다, 생기 있다, 활기 넘친다.'

여자를 만난 후부터 자주 듣는 말들입니다.

여자에게 더욱 근사하게 보이고 싶습니다.

그동안의 이미지까지 바꿀 수 있다면 그렇게 하고 싶습니다.

주변 여자들에게도 절로 친절해집니다.

이러다 슈퍼맨이 될지도 모르겠습니다.

아니, 마음은 벌써 슈퍼맨입니다.

빅토르 위고는 말했습니다.
세상이 한 사람으로 줄어들고,
한 사람이 신으로까지 확장된다면
그것은 사랑이다.

여자가 들어와 있는 마음은 못하는 게 없고,
어디든 달려가 악당을 물리치는 슈퍼맨입니다.
'혹시 나에게 여자가 알게 되면 상처가 될 만한 과거는 없었나?'
지나온 시간들까지 돌이켜보게 됩니다.
이런 나를 보고 친구들이 끌끌, 혀를 찹니다.
그래도 좋습니다. 이래도 좋고 저래도 좋습니다.
일하다 전화를 걸면 내 전화를 기다리고 있던
여자의 음성이 들려옵니다.
그럼 세상이 전부 내 것이 된 것 같습니다.
내게 세상을 안겨준 여자. 나는 온종일 여자에게 조종당합니다.
'이게 사람들이 말하는 사랑이라는 감정이 아닐까?'
그렇다면 나는 지금 사랑을 하고 있는 중입니다.

가혹한, 너무도 가혹한

● 왼쪽으로 가는 여자

산더미처럼 쌓여 있던 숙제를 완벽하게 끝내고 맞은 아침.

지금 기분이 꼭 그렇습니다.

지난밤,

여자가 밤늦게 다니면 위험하다면서

그 선배는 집까지 나를 바래다 주었습니다.

처음 있는 일입니다. 가슴이 터질 정도로 행복합니다.

선배의 마음에도 내가 담겨 있다는 것을 지난밤에 느꼈습니다.

"너 복권에라도 당첨됐니? 오늘 왜 그렇게 기분이 좋아?"

엄마는 정말 눈치가 빠릅니다.

그런데 무엇 때문인지 사랑하는 남자가 생겼다고

솔직하게 털어놓지 못했습니다.

내 눈치를 살피는 어머니를 피하느라 조금 일찍 집을 나섭니다.

그 바람에 강의 시간 전까지 시간이 남아

친구를 만났습니다.

아무것도 모르는 친구가 무심히 그 선배 이야기를 꺼냅니다.

"선배에게 옛 애인이 나타나서 다시 사귀기로 한 것 같아.

며칠 전에 우연히 두 사람 만나는 걸 봤는데

아무래도 다시 만날 것 같은 분위기였거든.

그 여자, 참 매정하게 돌아서 가버렸었는데 말이야.

그러고 보면 선배도 참 무던한 사람이야."

커피 맛이 이상합니다. 마치 상한 것 같습니다.

마음은 천 길 낭떠러지로 내동댕이쳐진 것 같습니다.

무심코 하는 이야기가 누군가를 이렇게 아프게 할 수도

있다는 것을 처음으로 느낍니다.

아무것도 모르는 친구가 두 사람에 대한,

자기가 알고 있는 전부를 쏟아냅니다.

머리로는 '듣지 말아야지, 흘려들어야지' 하면서도

나는 자꾸 캐묻게 됩니다.

'그렇다면 지난밤에 내가 보았던 눈빛은 무엇이었지?'

마음을 사기당한 기분입니다.

왜 떠나는지…… 이유조차 말하지 않고 떠난 여자가 있습니다.

다른 남자가 생긴 것일까? 내게 부족한 면이 많아서일까?

내가 싫어진 것일까? 말 못할 사정이라도 생긴 것일까?

이유를 알 수 없는 이별은 사람을 많이 지치게 했습니다.

그 무렵, 참 살가운 여자 후배를 만났습니다.

사랑의 상처가 덧나지 않고 아문 까닭도

그 살가운 후배 때문이었다는 것을 뒤늦게 알았습니다.

그것도…… 이유도 모른 채 헤어졌던 그 여자가

다시 돌아와 내 앞에 섰을 때, 비로소 알았습니다.

그 여자가 돌아오기 전까지는

'혹시 내게로 돌아와 주지 않을까?'

수십 번, 수백 번 상상했었습니다.

그런데 정작 그 여자가 돌아오자
이제는 여자 대신 후배가 보입니다.
그래서 그토록 궁금했던 이별의 이유도 묻지 않고
담담하게 등을 돌렸습니다.
지금 내 마음이 누구를 보고 있는지 똑똑히 알았기 때문입니다.
나도 모르고 있던 내 속마음을 그 여자가 가르쳐 준 셈입니다.
그 마음으로 지난밤, 후배를 만났습니다.
아니, 후배가 아닌 여자로 처음 만났습니다.
오늘은 어제와 전혀 다른 세상입니다.
달리지도 않았는데 숨이 가쁩니다.
오늘따라 가슴이 너무 벅찹니다.

칼릴 지브란이 말했습니다.
꽃 한 송이를 심고, 밭 하나를
통째로 뿌리 뽑아 버리는 사랑,
하루 동안 우리들을 되살려 놓았다가
영원히 정신을 잃게 만드는
사랑은 얼마나 가혹한 것인가!

용기가 필요해!

● 왼쪽으로 가는 여자

머릿속에 두 남자가 있습니다.
두 남자는 가슴도 절반씩 차지하고 있습니다.
오늘, 두 남자가 모두 만나자고 합니다.
나는 두 사람 모두 거절하고 혼자 있기로 합니다.
만약, 운명적인 만남이란 게 있어서 이 남자를 만나야 하고,
저 남자를 만나야 한다면,
한 사람씩 차례대로 찾아와야 합니다.
'참 얄궂기도 하지.'
한꺼번에 두 남자가 나타나 두 가지 빛깔의
사랑을 원하고 있으니 말입니다.
한 남자는 편안하고 믿음직스럽습니다.
다른 한 남자는 결코 편안하지는 않지만
생각만 해도 가슴을 뛰게 만듭니다.
그중에서 먼저 편안한 남자를 삭제해 봅니다.
미안함과 불안함이 도드라집니다.

이번에는 가슴 뛰게 만드는 남자를 삭제해 봅니다.

생동감이 사라지고 무기력만 남습니다.

무기력이 싫다면 가슴 뛰게 하는 남자를 만나야 합니다.

미안하고 불안한 게 싫다면

언제든 날 편안하게 해주는 남자를 만나야 합니다.

누구를 선택해야 하나?

내겐 지금 사랑을 선택할 수 있는 용기가 필요합니다.

미안하고 편안해서 만나는 것은 사랑이 아닐 겁니다.

'누군가에게 상처를 주지 않으려고 만나는 건

억지 사랑이 아닐까?'

편안해서 놓지 못하던 사랑을 그만두어야 하겠습니다.

더 큰 상처가, 더 큰 아픔이 기다리고 있을지 모르지만

그래도 가슴 뛰는 사랑을 택해, 그 길을 걸어가겠습니다.

그러기 위해서는 아무래도 한 번은

모진 사람이 되어야 할 것 같습니다.

여자는 거짓말이 서툽니다.

차라리 거짓말에 능한 여자여서

들키지 않았으면 좋았겠다고 생각합니다.

여자는 얼마 전부터 말끝에 언제나 "미안해요"라는 말을 붙입니다.

"뭐가 그렇게 미안한데요?" 물으면 "그냥"이라고 대답합니다.

그러다 또 수시로 "난 당신이 생각하는

그런 좋은 여자가 아니에요"라고 고해성사를 합니다.

"그건 나도 마찬가집니다"라고 맞장구를 치면

소스라치게 놀라면서

'절대로 마찬가지가 아니다. 우리 두 사람은 달라도

너무 많이 다르다'고 억지를 부립니다.

이쯤 되면 아무리 눈치가 둔한 사람이라 해도

쉽게 알 수 있습니다.

'이 여자가 내게 정말 미안한 일을 하고 있을지 모른다.

미안하다는 말은 진심일지 모른다.'

여자와 떨어져 지내는 주말이 점점 늘어나고 있습니다.

여자가 혼자 있고 싶어 하는 시간도 늘고 있습니다.

'딱 한 번만 더 만나자. 만나서 여자의 마음을 홀가분하게 해주자.'

나는 여자를 보내주기로 합니다.

절대로 여자가 싫어서가 아닙니다.

더는 여자를 사귈 수 없는 불가피한 사정이 생긴 것도 아닙니다.

내가 그 여자와 헤어지려는 이유는 오직 하나,

더는 거짓말하는 여자를 볼 수 없어서입니다.

스탕달이 말했습니다.
사랑은 달콤한 꽃이다.
그러나 그것을 따기 위해서는
무서운 벼랑 끝까지 갈
용기가 있어야 한다.

love is Touch

02

love is f

eling

사랑해, 라는 그 말

한 번의 눈짓, 한 번의 악수

● 왼쪽으로 가는 여자

'연애에서 가질 수 있는 행복은
사랑하는 여자의 손을 처음으로 잡아 보는 것이다.'
오늘따라 스탕달의 말이 가슴에 꽂힙니다.
손을 잡은 일, 손을 잡힌 일……
너무 오래되어 기억조차 나지 않습니다.
그런데 참 이상한 일은, 나 역시 그러면서
남자의 감정이 무덤덤해진 것 같다고 자꾸 서운해한다는 점입니다.
남자를 만나러 간다는 사실만으로 한없이 들떠서
배고픈 것조차 잊고 지내던 시절이 있었습니다.
'그렇다면 내 사랑이 식은 것일까?'
가슴을 차지하고 있는 남자를 슬쩍 지우개로 지워 봅니다.
하지만 곧바로 남자의 존재를 다시 새겨 넣습니다.
그렇다면 없어도 허전하고,
있어도 허전한 사이가 되어 버린 것일까?
남자에게 내 존재도 그럴 것이라고 생각하니
더 속이 상합니다.

확신이 사라진 사랑은 심한 바람 앞에 흔들리는 촛불처럼
위태롭습니다.

'어떻게 해야 하나?'

그 순간, 진동으로 돌려놓은 휴대전화가

마치 내 마음처럼 요란하게 흔들립니다.

그 남자입니다.

오늘은 휴일이니까 당연히 함께 있어야 한다는 생각에

습관처럼 전화를 했을 겁니다.

습관 같은 우리의 만남…….

그런데 '오늘 몇 시쯤 만날까?' 하는 그의 한 마디에 그만,

답답함도, 미칠 것 같던 가슴도 순식간에 잦아듭니다.

참 이상한 일입니다.

오늘은 휴일, 어떻게 할까…… 고민합니다.

얼마 전까지만 해도 휴일이 다가오면 여자에게서

기다림이나 기대감이 느껴졌습니다.

'우리 그날 뭘 할까?'

여자는 눈빛으로 묻곤 했습니다.

그런데 언제부턴가 휴일이 오는 것조차

모르는 눈치입니다.

마지못해 나오는 연인 때문에 내 마음은

시든 이파리처럼 변해 갑니다.

"쉬는 날에 뭐 할까?"라고 물을 때 화들짝 놀라면서

오히려 "뭐 하고 싶은데?" 되묻는 모습은 정말 싫습니다.

그래서 선뜻 전화를 하지 못합니다.

간밤에 통화를 할 때도 여자는 휴일 스케줄에 대해

아무것도 묻지 않았습니다.

"내일, 우리 몇 시쯤 만날까?"

한번쯤 먼저 물어봐 주어도 좋으련만.

하는 수 없습니다. 오늘도 습관처럼 전화를 걸 수밖에.

오늘은 아예 '그녀가 어떤 대답을 해도……'라는 마음으로

각오하고 전화를 겁니다.

그런데 놀랍게도 여자는 내 전화를 기다리고 있었나 봅니다.
약속을 정하고 전화를 끊는데 지금까지 한 번도
들어본 적이 없는 말을 했습니다.
"전화해 줘서 고마워."
갑자기 힘이 불끈 솟습니다.
아직은 나를 사랑하고 있다는 확신이 마음을 가득 채웁니다.

앙드레 모루아가 말했습니다.
한 번의 눈짓, 한 번의 악수,
그리고 얼마쯤 가망 있을 듯한
말에 곧 원기를 회복하는 것이
연애를 하고 있는 남녀이다.

사랑해, 라는 그 말

● 왼쪽으로 가는 여자

일주일 전, 남자가 말했습니다.

"한 열흘쯤 못 만날 것 같아. 어쩌지?"

순간, 남자가 정말 나를 좋아하고 있다는 것을 느꼈습니다.

그 사랑에 보답이라도 하듯 나 역시 애틋한 얼굴로

고개를 끄덕였습니다.

그런데 열흘이나 못 볼 것 같다고 안타까워하던 남자가

열흘이 지나려면 아직 사흘이나 더 남은 오늘,

느닷없이 전화를 걸었습니다.

"오늘 시간 돼? 잠깐만이라도 얼굴 좀 보여주지."

가슴이 터질 것 같았습니다. 보고 싶은 마음을

더는 버틸 수 없어 달려온

남자의 마음이 읽혀 숨이 막힐 것 같습니다.

"어쩜!"

먼 길을 달려와 겨우 저녁만 먹고 돌아서는 남자의 뒷모습이

얼마나 사랑스러웠는지 모릅니다.

"고작 두어 시간 같이 있으려고 그 먼 길을 달려왔느냐?"고
편잔을 주면서도 마음의 행복지수는 미루나무처럼 솟습니다.
햇빛과 물을 듬뿍 받은 나무처럼 싱싱해지는 느낌.
그런데 '집까지 바래다주지는 못하겠다'는 말을 남기고
부랴부랴 발길을 돌리는 남자에게서 2퍼센트의 부족을 느낍니다.
하나만 더 있으면 꽉 채울 수 있는데 그 하나가 없는 것 같은 기분.
이런 순간에 한번쯤, 지나가는 말처럼이라도
사랑한다고 말해 주면 얼마나 좋을까?
서둘러 돌아가는 남자의 뒷모습이 마냥 서운하기만 합니다.
지금껏 남자에게서 단 한 번도 사랑한다는 말을
들어보지 못했습니다.
이런 내 마음을 이야기하면 남자는 틀림없이 이렇게 말할 겁니다.
"그걸 꼭 말로 해야 알아?"
남자는 모릅니다.
사랑한다는 말을 해주지 않는 것 때문에
가끔은 그 남자의 진심을 의심해 보게 된다는 것을.

열흘 동안의 긴 출장 명령이 떨어지는 순간,

눈이 절로 질끈 감겼습니다.

'열흘 동안이나 여자를 볼 수 없다니.'

내게 그 열흘은 지옥입니다.

사실, 나는 일에 관한 한 누구보다 욕심이 큰 사람입니다.

그러니 놀랍습니다.

'내가 그 여자를 참 많이 좋아하고 있구나.'

여자도 말로 표현은 안 하지만 열흘 동안의

내 부재를 싫어하는 눈치입니다.

순간, 내 가슴은 금방이라도 터질 것처럼 속이 꽉 찬 석류였습니다.

여자의 그 마음에 대한 보답을 꼭 해주고 싶었습니다.

그래서 출장 기간 중에 짬을 내어 달려갔습니다.

단지 보고 싶은 마음만 가지고 달려간 것은 아닙니다.

여자를 기쁘게 해주고 싶은 마음이 더 컸습니다.

지치고 피곤한 몸을 이끌고 가서라도

내가 여자를 얼마나 좋아하고, 사랑하고,

또 보고 싶어 하는지 보여주고 싶었습니다.

결과는 기대한 대로였습니다.

아니, 기대하지 않았던 결과도 있습니다.

여자가 느끼는 행복보다 내가 느끼는 행복이 더 컸다는 것입니다.

내 마음이 충분히 전달된 것 같아서 입가에

저절로 웃음이 고입니다.

이런 게 사랑의 힘일까?

이상하게 여자만 만나고 돌아서면 자신감이 넘칩니다.

무엇이든 다 잘될 것 같고,

무엇이든 잘할 수 있을 것 같은 용기가 차오릅니다.

마치 보름달처럼.

전에 느껴 보지 못했던 자신감과 용기입니다.

덕분에 요즘, 정말 행복합니다.

J. C. 플로리앙이 말했습니다.

천지 창조 이후,

사랑한다고 고백해서 목 졸려

죽은 남자는 없다.

피로회복제 같은 사람

● 왼쪽으로 가는 여자

처음으로 그 남자의 손을 잡았습니다.
참 먼 길을 돌고 돌아온 지금, 마음이 새털처럼 가볍습니다.
작년 이맘때……
넋 잃은 사람처럼 가을을 보내고 있던 기억이 납니다.
사랑하는 사람과 헤어진 뒤 몸조차 가누기 힘들던 그 시절에,
한 남자를 만났습니다.
하지만 지난 사랑으로 인한 상처 속에서 허우적대던 나는
더는 냉정할 수 없을 만큼, 더는 매몰찰 수 없을 만큼
차갑게 굴었습니다.
남자는 내가 왜 그토록 냉정하게 구는지 이유를 알았지만
'이제 그만 잊으라'는 말 따위는 하지 않은 채
묵묵히 기다려 주었습니다.
피곤하다고 하면 집까지 데려다 주었고,
방황하며 헤매고 다닐 때면 배트맨처럼 나타나
곁에 있어 주었습니다.
처음에 그 남자는 사랑하는 사람이 아니라,
필요한 사람이었습니다.
정말 그랬습니다.
나는 사랑하는 사람과 헤어진 슬픔을 덜어내려고
그 남자를 만났습니다.

그러다 싫은 기색 하나 없이 곁을 살펴주는 남자가
의지가 되어 만났습니다.
그다음에는 사랑하는 사람을 위해서라면 조건 없이
곁에 있어 주는
그 남자가 이상해서 만났습니다.
그러다 문득, 정말 문득······
그 남자는 '피로회복제 같은 사람'이란 생각이 스쳤고,
거짓말처럼 마음이 회복되었습니다.
남자는 내 마음을 회복시켜 놓고 내 마음의 피로를
모두 자기가 가져갔습니다.
'이젠 나도 이 남자에게 피로회복제 같은 사람이 되어 주고 싶다.'
이 마음을 전하고 싶어 나는 오늘 처음으로
남자의 손을 잡았습니다.

긴 시간……

나를 사랑하지 않는 여자를 바라만 보았습니다.

사랑하기는커녕, 헤어진 사랑을 잊지 못하고 아파하는 여자.

그런데도 그 여자를 떠나지 못했습니다.

마음대로 되지 않는 게 사랑이라는 괴물입니다.

'어쩔 수 없는 일'이라고 여기면서 여자의 곁을 맴돌았습니다.

오히려 그런 나의 서성거림을

그 여자가 부담스러워하지는 않을까 염려했고

그 정도 이기심은 부려도 괜찮다고 나를 위로했습니다.

친구들에게는 내 이런 사랑이 부질없어 보이나 봅니다.

그 여자의 어디가 그렇게 좋으냐고 한심하다는 듯한 얼굴로

따지듯 묻기도 합니다.

하지만 나도, 친구들도 압니다.

사랑이란 그저 아무 이유도 없이, 무작정 빠져드는 것임을.

'무엇 때문에' 좋은 것은 사랑이 아니라

'좋은 감정'일 뿐이라는 것을.

그런데 오늘, 그동안 꼼짝도 하지 않던

여자의 마음이 움직였습니다.

처음으로 따뜻하게 내 손을 잡아 준 여자.

나는 너무 놀라 차마 기뻐지도 못했습니다.

어쩌면 사랑도 길인가 봅니다.

한없이 가다 보면 만나게 되는 길인가 봅니다.

앤드루 매슈스가 말했습니다.

사랑은 힘이고 맹세다.

누군가를 사랑하는 것은

당당히 이야기할 수 있는 것이다.

사랑은 용기이다.

용기 있는 사람만이

사랑을 얻는다.

Love is feeling

사랑하기 위해
견뎌야 할 것들

● 왼쪽으로 가는 여자

벌써 일주일째 연락이 없습니다.

만나고 있을 때보다 더 선명하게 남자의 얼굴이 그려집니다.

그 어느 때보다도 남자가 그립습니다.

전화를 걸어 볼까, 고민하다가 그만두기로 합니다.

'무슨 이유가 있겠지.'

날마다 문자 메시지를 주고받는 여자 친구가

일주일째 무소식이라면

당장 전화를 해볼 겁니다.

그런데 남자에게는 왜 그게 안 되는 걸까?,

여자 친구와는 자연스러운 일이 남자와는 왜 안 되는 걸까?

가슴이 텅 빈 것 같지만 별수 없습니다. 견디는 수밖에.

전화를 거는 데 한 가지 이유도 필요 없는 사이는 친구,

전화를 거는 데 수백 가지 이유가 필요한 사이는 연인.

이런 게 바로 우정과 연애의 차이인가 봅니다.

남자에게 전화하고 싶으면서도 전화는 걸지 않고

마음의 계산기만 두드립니다.

"혹시 그 남자, 마음이 식은 거 아니니?"

가까운 친구가 걱정스러운 얼굴로 묻습니다.

실은 나도 걱정이 됩니다.

단지, 걱정하지 않는 척할 뿐입니다.

만약 친구의 말이 사실이라면,

전화를 건다고 해서 해결될 일은 아닙니다.

문득 지난 사랑이 떠오릅니다.

열흘이 지나도록 소식 없는 남자에게 화가 나서

따진 적이 있습니다.

어떻게 일주일이 지나도록 전화 한 통 없냐고.

그때 남자는 이렇게 말했습니다.

"언제부턴가 의무감으로 전화를 걸고 있다는 생각이 들었어.

그래서 날 한번 테스트해 보고 싶었던가 봐.

이런 나를 좀 이해해 주면 안 될까?"

그때 나는 이해하지 않았습니다.

하지만 지금은 기다립니다. 그렇게 하고 싶습니다.

아무래도 이 남자를 많이 좋아하는 모양입니다.

일주일째 연락 없이 떨어져 지내보니

내 마음이 점점 더 분명해집니다.

정류장에서 버스를 기다리고 있는데,

아직 초록빛을 띤 나뭇잎 한 장이 툭, 발등 위로 떨어집니다.

여름이 어떻게 지나갔는지 모르겠습니다.

그 여자 때문입니다.

여름이 시작될 무렵, 한 여자를 만났습니다.

스스로도 놀랄 정도로 한순간 여자에게 빠져들었습니다.

어느새 가을인데, 여름이 언제 지나갔는지 모르겠습니다.

계절이 보이지 않을 정도로 여자만 보았습니다.

너무 빨리 가까워진 것 같습니다.

숨 가쁘게 달려온 사랑.

혹시 너무 빨리 달리느라 놓치고 보지 못했던 것들이

있는 건 아닌지…….

찬찬히 뒤를 돌아다보기로 했습니다.

그게 여자에 대한, 사랑에 대한

또 다른 의미의 책임이라고 생각되었습니다.

솔직하게는 여자에게서 조금은 자유로워지고 싶은 마음도

없지 않습니다.

그동안 여자를 만나느라 직장, 친구, 가족은 안중에도 없었습니다.

그래서 일주일 정도 일부러 여자를 피했습니다.

그런데 문득 나만 피한 게 아니라 여자도 피하고 있었던 게

아닌가 싶은 생각이 듭니다.

연락을 끊은 지 일주일이 지났는데, 여자도 감감무소식입니다.

그사이 한 번쯤은 토라진 목소리로 전화를 걸 줄 알았는데.

예상은 빗나가 지금까지 아무런 소식도 없습니다.

갑자기 불안합니다.

비로소 여자에 대한 내 마음이 분명해집니다.

아무래도 이 여자, 놓쳐서는 안 될 것 같습니다.

놓치면 두고두고 후회할 것 같습니다.

라로슈푸코가 말했습니다.
상대가 눈앞에 없으면 보통 사랑은
멀어지고, 큰 사랑은 가중된다.
바람이 불면 촛불은 꺼지고,
화재의 불길이 더 세지는 것처럼.

이미 사랑할 수 없는 사람

이상합니다. 이유 없이 가슴이 울렁거립니다.

저녁 식사를 할 때가 되었는데도 배가 고프지 않습니다.

점심밥도 먹는 둥 마는 둥 했는데.

발은 땅을 딛고 있는데 몸은 공중에 붕 떠 있는 기분입니다.

친구들의 이야기도 귀에 들리지 않습니다.

"너 왜 그래? 아까부터 무슨 생각을 그렇게 골똘히 하느라

말도 못 듣는 거야?"

괜한 핀잔만 듣습니다.

"얘 아무래도 좋아하는 남자가 생겼나 보다."

"이건 분명히 사랑할 때 나타나는 증상이라구!"

말을 한 사람이 누군지는 모르겠으나 분명히

누군가 이렇게 말했습니다.

지금 내게 일어나고 있는 변화를 다른 사람을 통해 듣습니다.

'내가 지금 사랑에 빠졌다고?'

소스라치게 놀랍니다.

친구가 한 말 때문이 아니라 그 순간 떠오르는 한 남자 때문에.

학교를 졸업하면 꼭 하고 싶은 일이 있었습니다.

그 얘길 듣고 사흘 전, 사촌 언니가 한 남자를

만나게 해주었습니다.

내가 마음에 두고 있는 일을 먼저 하고 있는 남자.

"그러니까 한마디로 인생 선배라고 할 수 있지.
한번 만나봐라. 많은 도움이 될 거다."
그래서 딱 한 번 만난 남자.
'그런데 그 남자가 지금 내 울렁증의 이유라고?'
밀물이 순식간에 갯벌을 덮어 버리듯
내 마음을 차지해 버린 남자를 애써 떠밀어내는데,
이런저런 생각이 꼬리에 꼬리를 뭅니다.
'한 번 만났는데 사랑이라니 말도 안 된다.'
'어렵게 자라 혼자 힘으로 그 자리까지 온 남자라던데
사랑하기 어려운 상대 아닌가?'
몸에 힘주어 무게를 싣습니다.
어떻게든 공중에 붕 뜬 몸이 다시 땅에 닿도록 해야 합니다.
수시로 도리질도 해봅니다.
어떻게든 이 멍한 기분을 없애고 싶어서입니다.

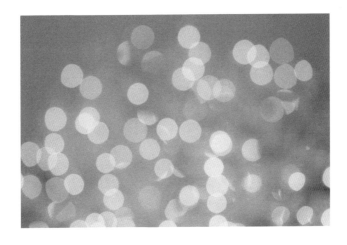

사흘 전에 한 여자를 만났습니다.

학교를 같이 다녔던 과 친구의 부탁 때문입니다.

"네가 하는 일을 하고 싶어 하는 사촌 동생이 있는데

한번 만나보고 이런저런 도움을 주었으면 좋겠다."

크게 바쁜 일이 없어 흔쾌히 승낙했습니다.

그런데 친구의 사촌 동생이

왜 남자일 거라고 생각했는지 모르겠습니다.

당연히 남자가 나올 줄 알았는데,

약속 시간을 조금 넘기고 나타난 사람은

남자가 아닌 여자였습니다.

"동생에게 너하고 찍은 사진을 보여주었으니까

기다리고 있으면 알아서 찾아갈 거다."

카페 문이 열릴 때마다 '누가 내 쪽으로 걸어올까?'

호기심을 갖고 바라보면서도

남자라고 생각하고 있었기에 그 여자가 다가와 살포시

인사했을때도, '누군데 아는 척을 할까?'

뻣뻣하게 쳐다보았습니다.

무안했는지 여자는 얼른 사촌 언니의 이름을 댔습니다.

나 역시 민망해서 허둥지둥 미안하다고 사과했습니다.

그러면서도 나는 계속 실수를 했고, 계속 허둥지둥댔습니다.

처음에는 남자를 기다리고 있는데 여자가 나타나서

실수하고 있는 줄 알았습니다.

그러다 다음 날에야 알았습니다.

어제 만난 여자에게 마음을 빼앗기고 말았다는 것을.

그래서 그토록 허둥지둥했었다는 걸.

'내겐 언제쯤 찾아올까?' 하면서 기다리던 사랑은

이렇게 사흘 전에 시작되었습니다.

하지만 내가 사흘 동안 한 일이란 고작

내 마음을 지켜보는 일이었습니다.

'나란 사람, 과연 누군가를 사랑할 준비가 되어 있는 사람인가?'

확인하고 싶습니다.

아우구스투스 폰 코체부가 말했습니다.

사랑이 무엇인지 생각하는 사람은

이미 사랑을 할 수 없다.

예스 그리고 노

● 왼쪽으로 가는 여자

'동아리 모임'이 있었습니다. 그리 썩 내키지 않았지만 나갔습니다.

혹시 그 선배가 오지 않을까, 기대를 저버릴 수 없었습니다.

예상은 적중했고, 여러 사람들에 둘러싸여 선배를 만났습니다.

그러나 선배는 단 한 마디도 건네지 않았고,

애써 내 시선을 피하는 눈치였습니다.

예전처럼 어떻게 해서든 나를 집까지

데려다 주려고도 하지 않았습니다.

집으로 돌아오는 길이 참 쓸쓸했습니다.

'멍청한 사람.'

돌아오는 길에 수도 없이 이렇게 되뇌면서

'혹시 집 앞에서 기다리고 있을지도 몰라.'

은근히 기대했습니다. 집으로 가는 동안에도

5미터 간격으로 휴대전화를

보고 또 보았습니다.

'어디까지 갔니?'

지금이라도 늦지 않았으니 이렇게 물어주면 얼마나 좋을까?

그러나 밤이 가고 날이 새고 지금 이 순간이 되도록

선배에게선 아무런 연락이 없습니다.

이제는 선배의 마음을 믿을 수가 없습니다.

"널 후배가 아닌 여자로 보면 안 되겠니?"

이렇게 물어본 것이 불과 열흘 전입니다.

그때까지 선배가 남자로 보인 적이 없어서

선뜻 대답하지 못했습니다.

그러나 이젠 선배가 남자로 보입니다.

그런데 선배는 눈도 마주치지 않고 피하려고만 합니다.

심지어 선배를 마음에 두고 따르는 후배와

유난히 가깝게 지냅니다.

언제든 자연스럽게 부딪치는 때가 오면 꼭 물어보고 싶습니다.

"그래요? 그렇게 쉽게 옮겨 갈 사랑이었어요?"

동아리에서 만난 여자 후배를 오랫동안 마음에 품고 지냈습니다.

동아리방에 후배가 와 있을 만한 시간, 행동 반경

그리고 후배의 인간관계까지,

내 가슴에는 후배에 관한 모든 게 지도처럼 걸려 있습니다.

선배로 만나면서 후배 곁에 남자로 있었습니다.

가끔은 '이 여자 역시 선배로 만나면서

남자로 느끼는 것은 아닐까?' 착각도 하였습니다.

그러면서도 선뜻 고백하지 못한 이유는

선후배 사이로도 만나지 못하게 되는 건 아닐까 두려워서였습니다.

그러다 열흘 전에 고백을 했습니다.

세르반테스가 말했습니다.
여자의 '예스'와 '노'는 같은 것이다.
거기에 선을 긋는다는 것은
무모한 짓이다.

남자와 여자로 만나지 못한다면 이제 더는
선후배 사이로도 만나는 의미가 없을 것 같아서였습니다.
시간이 흐를수록 남자가 아닌 선배로 만나기가 힘들었고,
심지어 고통스럽기까지 했습니다.
그런 내가 용기 없어 보이고, 나약하게 느껴져서
'널 후배가 아닌 여자로 보면 안 되겠니?'라고
후배에게 물었습니다.
'혹시 이렇게 물어주기를 내심 기다리고 있었던 것은 아닐까?'
기대도 했습니다.
그러나 기대가 너무 컸나 봅니다. 너무 희망적이었나 봅니다.
몹시 당황하는 후배의 모습에
그날 밤, 얼마나 참담했는지 모릅니다. 비참했습니다.
이젠 예전처럼 후배로도 만날 수가 없습니다.
그래도 보고 싶어 어제 용기를 내어 동아리 모임에 나갔습니다.
그렇게 얼굴이라도 보고 나니 조금은 살 것 같습니다.

말을 하기 전에는……

● 왼쪽으로 가는 여자

친구들이 만나자고 했지만 저녁 약속이 있다고 거절했습니다.

친구들은 잠깐이라도 좋으니 얼굴 좀 보자고 조릅니다.

잠시 망설이다가 친구들을 만나러 갔습니다.

그리고 남자와 약속한 시간에 맞춰 자리에서 일어났습니다.

그런데 한 친구가 따라가고 싶어 합니다.

난처했습니다. 머뭇거리자 친구들이 손에 휴대전화를 쥐여 주며

전화를 걸어 보라고 다그쳤습니다.

하는 수 없이 전화를 걸었습니다.

남자가 '친구들은 다음에 만나자'고 거절해 주기를 바랐습니다.

그러나 남자는 흔쾌히 허락했습니다.

심지어 자기가 오겠다고 했습니다.

자리에서 일어나다가 다시 앉았습니다.

이 남자는 단둘이 만나는 것보다

친구들과 함께 만나는 것이 더 즐거운가 봅니다.

지금까지 비슷한 상황이 벌어질 때마다 반응이 매번 똑같습니다.

'난 너하고만 있고 싶다.'

한 번도 이런 반응을 보인 적이 없습니다.

마음 같아서는 다시 전화를 걸어

'그럼 오늘은 내 친구들과 만나요. 난 다음에 만나고'

하며 억지를 부리고 싶습니다.

그러나 토라진 마음을 꾹꾹 누릅니다.

속마음을 드러내 보일 용기가 내겐 없습니다.

늘 그렇듯 남자는 총알같이 달려왔고,

친구들에게 최선을 다했습니다.

나를 만날 때는 그렇게 총알처럼 달려오지 않으면서 말입니다.

친구들이 묻는 말에 마음을 다해

일일이 대꾸해 주는 것도 보기 싫습니다.

마치 물이 부족한 화분의 이파리처럼 마음이 시듭니다.

그것도 모르고 남자는 묻습니다.

"왜? 왜 그렇게 표정이 시무룩해? 오늘 컨디션이 안 좋아?"

저녁 7시에 여자를 만나기로 했습니다.

그동안 여자는 몸살로 앓아누운 어머니를 간병하느라

꼼짝을 못했습니다.

그 바람에 한동안 여자를 만나지 못했습니다.

오랜만의 만남이어서 오늘따라 유난히 설렙니다.

어머니를 돌보느라 많이 지쳐 있을 여자를 위해

나는 간만의 호젓한 데이트 장소까지

미리 점찍어 두었습니다.

그런데 약속 장소로 막 나가려는 순간,

여자에게서 전화가 왔습니다. 주변이 시끄러운 것으로 봐서

친구들과 같이 있는 듯했습니다. 실망입니다.

아무래도 다음에 만나면 이야기해야 할 것 같습니다.

친구들과 같이 만나는 것을 좀 자제해 달라고 말입니다.

그래도 오늘은 참고 만나기로 합니다.

그동안 어머니를 돌보느라 친구들도 만나지 못했을 겁니다.

내가 그걸 또 깜박했습니다. 미안하기까지 합니다.

그래서 부리나케 달려나갔습니다.

이상하게 여자들은 약속 시간보다 일찍 도착하면

'얼마나 보고 싶었으면……' 속으로 기뻐합니다.

친구들에게 여자에 대한 내 마음을 그렇게라도 보여주고 싶습니다.

그래서 여자의 얼굴에 흐뭇한 미소가 번지는 걸 보고 싶었습니다.

그러나 어쩐지 여자는 시큰둥했습니다.

오히려 여자의 친구들만 '아니, 어디 있었는데

이렇게 빨리 도착했나요? 그렇게 보고 싶었나요?

그렇게 좋은가요?' 하면서 감동했습니다.

'혹시 컨디션이 안 좋은데 외출한 것은 아닐까?'

여자가 걱정되어 물었습니다.

"왜? 오늘 컨디션이 안 좋아?"

내 말에 긍정도 부정도 하지 않고 눈길도 주지 않습니다.

불러낼 때는 언제고.

존 그레이가 말했습니다.
남자는 여자가 진정으로 무엇을
원하는지 알지 못하고,
여자는 남자가 진정으로 원하는 것을
어떻게 주어야 하는지 모른다.
말을 하기 전에는 아무도 우리가
무엇을 원하는지 알 수 없다.

사랑도 단장이 필요해

'왜 하필 그 남자야?' 모두가 반대합니다.

그럴수록 내 가슴은 더 애틋해져만 갑니다.

남자는 학교 선배입니다.

선배는 얼마 전까지 나도 아는 여자와 사귀었고,

지금은 헤어졌습니다.

둘 다 아는 사이인 나는 그동안 남자에게 그저 친한 후배로,

사랑의 상담자 노릇을 해왔습니다.

선배는 그 여자를 만날 때 '남자에 대한 여자의 이해 부족'을

가장 많이 고민했습니다.

그 여자는 선배를 이해하지 못했습니다.

선배는 친구들은 물론 선후배들 사이에서 인기가 많습니다.

여자는 그런 선배를 독차지하려 했고,

그러지 못할 때마다 무턱대고 화를 냈습니다.

그러면 선배는 달려가고, 선배가 달려가면 여자는

그 달려온 속도에 비례해 화를 풀고.

하지만 그러는 사이 선배는 조금씩 지쳐 갔고

여자는 지쳐 가는 남자를 보며 더 화를 냈습니다.

그러다 두 사람은 결국 헤어졌습니다.

그 이별 사이에 내가 있었다는 생각이 듭니다.

여자의 지나친 독점욕 때문에 고민하고 갈등하던 선배 곁에는

늘 그 이야기를 들어주던 내가 있었고,

그러다 그만 선배의 마음이 내게 기울었습니다.

나 또한 그랬습니다.

"왜 하필 그 남자야?" 가로막는 친구들에게

"선배보다 그 여자가 더 많이 좋아했다가 헤어진 것 같아."

선배를 두둔하지만 내 말을 귀담아듣는 친구들은 없습니다.

"헤어진 여자와 사귈 때는 그 여자가 더 많이 좋아해서 만났지만,

지금은 선배가 널 더 많이 좋아해서 만나는 것 같다."

나는 지금, 그 어떤 말보다도 이 말이 가장 듣고 싶습니다.

2년 전, 동아리에서 한 여자를 만났습니다.

무슨 일이든 내가 하자면 무조건 따랐습니다.

그러다 보니 자연히 둘만 있는 시간이 많아지고,

빈 시간들을 함께 보내는 기회가 많아졌습니다.

함께 영화도 보고, 서점도 가고, 밥도 먹으러 다녔습니다.

그러는 사이 남자와 여자로 만나게 되었습니다.

시간이 비면 전화하고, 마음이 허전하면 전화하는 게

습관처럼 되어 버린 어느 날.

친구들을 만나고 있는 자리에 우연히 그 여자가 나타났습니다.

생각지도 못한 만남에 반가움이 앞섰고,

손을 들어 신나게 아는 척을 했는데

여자는 나를 보자마자 싸늘해지더니 그길로 돌아나갔습니다.

'왜 저러지? 무슨 일일까?'

궁금하기는 했습니다.

그러나 그 이유가 내게 있으리라곤 전혀 생각하지 못했습니다.

며칠 뒤, 여자는 여전히 싸늘한 표정으로 따지듯 물었습니다.

"그날 내가 만나자고 했었잖아요. 그런데 선약이 있다면서

다음에 만나자고 했잖아요.

그런데 선약이란 게 고작 친구들 만나는 거였어요?

내가 왜 친구들 다음으로 대접받아야 하는 건데요?"

그러니까 또 내가 잘못한 겁니다.

지금까지 이런 일이 한두 번 있었던 게 아닙니다.

나는 늘 내가 뭘 잘못했는지 모르는 채

여자의 화를 받아 주어야 했습니다.

그때마다 나는 늘 내가 뭘 그렇게 잘못했는지 납득하지 못한 채

미안하다고, 잘못했다고 빌어야 했습니다.

이제 나도 지칩니다.

'아무래도 나라는 사람이 너를 상대하기에는

많이 역부족인 것 같다.'

여자에게 내 솔직한 마음을 전했습니다.

나를 지치게 하는 것을 털어 버렸는데 홀가분하지만은 않습니다.

우리 둘 사이를 잘 아는 후배에게 전화를 걸었습니다.

"나 좀 위로해 주라."

더도 말고 20분만 기다리라고 합니다.

포장마차에 앉아 20분을 기다리는데 시간이 참 더디게 갑니다.

꼭 연인을 기다릴 때처럼 시간이 가지 않습니다.

어슐라 크로버 르귄은 말했습니다.
사랑이란 돌처럼 한번 놓인 자리에
그냥 있는 게 아니다.
그것은 빵처럼 항상 다시,
또 새로 구워져야 한다.

당신이 만들어 가는 나의 모습

● 왼쪽으로 가는 여자

"저녁 식사를 하고 영화를 볼까, 영화를 보고 저녁 식사를 할까?"
남자가 묻습니다.
나는 먼저 영화를 보고 저녁 식사를 하는 게 나을 것 같습니다.
'먼저 영화를 보고 저녁을 먹고 차를 마시면서
영화 이야기를 나눈다.'
그래서 '영화부터 보는 게 낫지 않을까?' 말하려고 하는데,
남자는 대답할 틈도 주지 않은 채
자기가 묻고 자기가 대답해 버립니다.
"밥부터 먹는 게 좋겠다."
그러지 말고 영화부터 보자고 하려다 그만둡니다.
그럴 거면 물어보지나 말지, 왜 꼬박꼬박 묻는지 모르겠습니다.
남자는 늘 이런 식입니다. 언제나
자기가 모든 걸 다 결정해 버립니다.
그러면서 자기는 늘 나와 함께 결정했다고 생각합니다.
아니, 자기는 언제나 내 생각을 존중했다고 생각합니다.
하지만 이 남자의 배려는 '물어보는 버릇'일 뿐입니다.
영화표를 예매하고 이젠 저녁 메뉴만 결정하면 됩니다.
"우리 뭘 먹을까?" 남자는 또 묻습니다.
"아무거나 먹어. 자기 먹고 싶은 걸로."
말이 꽈배기처럼 배배 꼬입니다.
그런데 이 남자, 한심하게도 그 말뜻을 알아차리지 못합니다.

"나야 설렁탕, 삼겹살…… 이런 거 먹고 싶지."

말은 이렇게 하면서도 두리번거리며 냉면집을 찾습니다.

이유는 순전히 내가 냉면을 좋아하기 때문이라고 합니다.

이번에는 말이 조금 전보다 한 번 더 꼬여 나갑니다.

"나는 냉면보다 스파게티가 더 좋아.

스파게티보다 회를 더 좋아하고."

그 남자가 스파게티를 잘 먹지 않아서, 회라면 질색해서,

그 남자도 잘 먹는 냉면이 좋다고 했을 뿐입니다.

"그럼 스파게티를 먹든지." 남자가 무심하게 중얼거립니다.

그러더니 냉면집을 발견하고는 "저기 있다!"고 외치며

성큼성큼 걸어갑니다.

물어보나마나입니다. 물어보는 게 잘못입니다.

이 여자는 무엇이든 다 내가 알아서 해주어야 한다고 생각합니다.

영화를 보고 식사를 할 건지, 식사를 하고 영화를 볼 건지,

이런 것조차 내가 결정해 주어야 합니다.

처음에는 하자는 대로 말없이 따라와 주니까 고맙기까지 했습니다.

그러나 가끔은 남자도 여자에게 리드당하고 싶을 때가

있다는 것을 알아주었으면 좋겠습니다.

남자보다 조금만 불리한 대접을 받아도

남녀 평등에 어긋난다고 눈꼬리를 치켜세우면서,

데이트할 때는 철저하게 남녀 불평등을 원하는 존재들이

여자들인 것 같습니다.

먼저 저녁을 먹고 영화를 보기로 했습니다.

저녁 먹을 시간을 넉넉히 잡고 영화표를 예매했습니다.

여자가 영화를 보면서 팝콘 먹는 걸 무진장 좋아합니다.

어떨 땐 팝콘으로 저녁을 대신하자고 조를 때도 있습니다.

그러니 먼저 저녁 식사를 하고 영화를 보아야 합니다.

속이 든든하게 밥을 먹고 싶지만 팝콘을 먹으려면

나 역시 저녁을 가볍게 먹는 게 나을 성싶습니다.

가벼운 저녁 식사로는 냉면이 좋을 것 같습니다.

또, 여자가 냉면을 참 좋아합니다.

마침 냉면집이 보입니다.

냉면을 먹으러 가면서도 나는 또 고민합니다.

'영화를 보고 나오면 어디를 갈까?'

로이 크로츠는 말했습니다.
당신을 사랑합니다.
있는 그대로의 당신뿐 아니라
당신과 함께 있을 때의
나도 사랑합니다.
당신을 사랑합니다.
당신이 당신을 만들어 가는 것뿐
아니라 당신이 만들어 가는
나의 모습 때문에
당신을 사랑합니다.

love is ...

배려

● 왼쪽으로 가는 여자

두 명의 남자가 내 주변을 맴돕니다.

그중 한 남자는 이런 남자입니다.

어깨를 나란히 하고 거리를 걸어가고 싶은 남자로

지나가는 사람들이 쳐다볼 만큼 외모가 출중합니다.

거기다 구김살 없는 성격을 지니고 있습니다.

첫인상도 환하고 당당합니다.

추진력도 있고 박력도 있습니다.

한마디로 남들이 부러워할 만한 조건을

두루 갖추고 있는 남자입니다.

그러나 이 남자는 자기주장이 너무 강합니다.

그래서 '이 남자는 나를 제대로 이해하지 못해!'라고

불평하게 만듭니다.

또 한 남자는 이런 남자입니다.

함께 걷다가 아는 사람을 만나면 팔짱 끼고 가다가도

슬그머니 팔을 내려놓게 만드는 남자.

어깨를 나란히 하고 서면 나와 눈높이가 같고,

첫인상도 평범하기 그지없어 해변의 수많은 모래알 중 하나처럼,

한 번 보면 기억하기 힘든 얼굴입니다.

하지만…… 추진력은 없어도 사려가 깊습니다.

박력도 없지만 배려가 무엇인지는 아는 남자입니다.

사람들은 당연히 내가 첫 번째 남자를 선택하리라 생각합니다.

그러나 나는 두 번째 남자를 선택합니다.

이유는 단순합니다.

그 남자는 나를 잘 이해해 줍니다.

"아니 그렇게 근사한 여자랑 왜 헤어졌는데?"

요즘 내게 이렇게 묻는 사람이 많습니다.

사실 얼마 전에 헤어진 여자는 함께 걷는 게 자랑스러울 만큼

빼어난 미모의 소유자였습니다.

처음 소개받던 날, 숨이 멎는 줄 알았습니다.

이렇게 아름다운 여자가 내 앞에 앉아 있다는 게

도무지 믿어지지 않았습니다.

여자에 대해 아무것도 알고 싶지 않았습니다.

그저 이 여자가 내 애인이 되어 주기만 하면 된다 싶었습니다.

그래서 여자가 순순히 휴대전화 번호를 알려 주었을 때

나는 마치 하늘을 날아갈 것 같은 기분이었습니다.

그 여자가 나를 받아주었다는 게

믿어지지 않았습니다.

저절로 자신감이 생겼습니다.

구겨진 옷을 다리미로 다렸을 때처럼 온몸이 활짝 펴졌습니다.

그러나 며칠 전 그 여자와 헤어졌습니다.

아름다운 그 여자는 일방통행 길을 닮았습니다.

무조건 위해 주어야 하고, 이야기를 들어주어야 하고,

무조건 양보해야 했습니다.

그럴수록 내 일상은 사라져 갔습니다.

여자는 나를 이해하지 못했습니다. 그럴 수밖에 없습니다.

내가 하는 이야기를 한 번도 진지하게 들은 적이 없으니까.

여자에게는 남을 이해하려는 마음이 없습니다.

그래서 나는 여자보다 내가 먼저 떠나기로 합니다.

앨리스 워커가 말했습니다.
비록 사람들이 성적 매력이나
다른 면에 끌려 사랑에 빠진다고
말하지만, 실제로는 자기 말을
잘 들어주는 사람과 사랑하게 된다.

여자는 변덕쟁이

● 왼쪽으로 가는 여자

남자와 함께 영화를 보는데 '쿨럭' 기침이 나옵니다.

남자를 쳐다봅니다.

남자는 내가 쳐다보고 있다는 것조차 모르고 있습니다.

마음이 썰물 때의 갯벌처럼 변합니다.

가벼운 기침에도 '감기 들었느냐?'며 걱정하던 남자.

지금은 기침 소리조차 들리지 않는 모양입니다.

'달라졌어.' 남자의 마음을 넘겨짚어 봅니다.

속도 모르고 남자는 자기가 먹고 있던 팝콘을 들이밉니다.

'이제 네가 좀 들고 있어'라는 뜻 같습니다.

전에는 내가 들고 있겠다고 해도

끝까지 자기가 들고 있던 남자입니다.

정신이 딴 데 가 있어서인지 그만 팝콘을 건네받다가

조금, 아주 조금 쏟고 말았습니다.

순간, 남자가 주위부터 둘러봅니다.

맙소사! 전에는 내 옷에 쏟아진 팝콘부터 쓸어 담아 주더니.

기분이 참 초라합니다.

남자의 관심 밖으로 밀려나 있는 듯한 이 느낌.

알맹이는 사라지고 껍데기만 남은 사랑을

붙잡고 있는 듯한 이 느낌.

수치스럽습니다.

그때, 남자가 고개를 기울이며 다정한 목소리로 속삭였습니다.

"주인공 둘이 꼭 우리를 닮은 것 같지 않아?"

갑자기 머릿속이 말갛게 비워집니다.

남자가 팔을 돌려 내 어깨를 감쌉니다.

머리는 말갛고, 가슴은 평화로운 호숫가 정경 같습니다.

미처 줍지 못한 팝콘이 무릎 위에 있습니다.

남자가 그걸 본 모양입니다.

손으로 팝콘을 집어 먹으며 씨익, 웃습니다.

남자의 미소는 내 머릿속의 지우개.

그만 나도 다 잊고 웃습니다.

여자와 영화를 보러 갔습니다.

정말 보고 싶었던 영화입니다. 조금 골치 아픈 일이 있었는데

영화를 보고 있으니 기분이 좋아집니다.

꼭 영화 때문만은 아닙니다.

지금 내 옆에서 해맑은 얼굴로 영화를 보고 있는

이 여자 때문입니다.

여자는 모릅니다.

이 여자가 나를 보고 있다는 것을 안 날부터

내가 세상의 중심에 서기 시작했다는 것을.

누굴 만나도 자신 있고,

어떤 일이 주어져도 잘해낼 자신감이 넘쳐흐른다는 것을.

한마디로 놓치고 싶지 않은 여자입니다.

이 여자만 곁에 있어 준다면 힘내어 잘 살 수 있을 것 같습니다.

잡념 없이 일에 몰두할 수도 있을 것 같습니다.

의욕이 절로 솟습니다.

더 열심히 공부하고, 더 성실해지는 것 같습니다.

책임감도 커집니다.

새삼 여자의 존재감이 느껴집니다.

'고마운 사람, 나를 바라봐 주는 정말 고마운 사람.'

팔이 절로 뻗어나가더니 여자의 어깨를 감쌉니다.

이제 나만,

나 자신만 앞을 향해 쭉쭉 뻗어나가기만 하면 됩니다.

톨스토이가 말했습니다.
여자란 화롯가에서
일어나는 데도
77번 생각한다.

love is feeling

착한 남자

● 왼쪽으로 가는 여자

"미안해. 너한테 먼저 물어보고 알려 줬어야 했는데,

그 남자 눈빛이 너무 간절해서 말이야."

친구가 남자에게 내 전화번호를 가르쳐 주었습니다.

친구에게 화가 나지만 그 마음을 보일 수 없는 것은

남자의 선한 눈빛 때문입니다.

그렇게 착한 눈빛을 지닌 남자 마음을 거절한다는 게

쉽진 않았을 겁니다.

하지만 배려 때문에 누군가를 만나고 싶지는 않습니다.

하루 종일 생각합니다.

'남자가 만나자고 하면 뭐라고 말할까? 남자를 사귈 처지가

아니라고 말할까? 다시 누군가를 만날 마음의 준비가

되지 않았다고 할까? 당분간 아무도 만나고 싶지 않다고 해야 할까?'

좀처럼 마음에 드는 핑계가 없습니다.

'당신은 내게 아무런 감정도 주지 못했어요.

아직은 다른 남자에게 관심이 가지 않아요.'

이렇게 솔직히 말할 자신도 없습니다.

일부러 상처 주는 말을 하고 싶지는 않습니다.

아주 자연스럽게 인연의 고리를 끊는 방법은 없을까 고민하는데

그런 내 마음도 모르고 남자가 전화를 걸어왔습니다.

"제가 썩 마음에 들지는 않는다는 것, 잘 알고 있습니다.

처음 만났을 때 벌써 알았습니다.
그럼에도 불구하고 전화를 드린 건……
자꾸 생각이 나서입니다. 그러니 한 번만 더 시간을
내주실 순 없나요?"

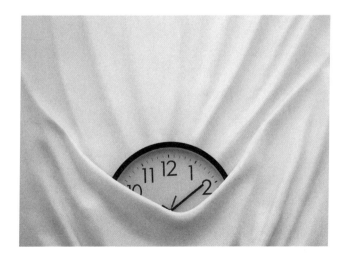

한 여자를 소개받았습니다.

그러나 한눈에 눈치 챘습니다.

'이 여자는 내가 마음에 들지 않는구나.'

내게 여자를 소개해 준 여자의 친구가 먼저 일어서겠다고 말하자

여자는 친구의 옷을 잡아당겼습니다.

가지 말라는 신호입니다.

그것은 단둘이 있고 싶지 않다는 의미이고,

앞에 앉아 있는 남자가 마음에 들지 않는다는 뜻이기도 합니다.

남자가 여자를 소개받고, 여자가 남자를 소개받는 일,

참 못할 짓입니다.

마음이 상합니다.

하지만 그럴 수도 있는 일이라고,

세상 모든 여자가 나를 마음에 들어할 수는

없는 거라고 나를 다독거립니다.

우리 두 사람 그리고 우리를 소개해 준 두 사람.

헤어질 때까지 우린 네 사람이었습니다.

헤어질 때 눈치를 보니 두 여자가 어딘가 다른 장소로

옮겨 가는 것 같았습니다.

쓸쓸하고 우울했습니다.

그 여자, 참 나쁜 사람입니다.

여러 사람이 있는 자리에서 싫다는 내색을 했으니 말입니다.

그런데도 그날 이후, 자꾸 그 여자가 떠오릅니다.

일주일을 참고 참다가 여자의 연락처를 알아냈습니다.

당연히 거절할 거라고, 아니 날 기억조차 하지 못할 거라고
생각하면서 어렵게 전화를 걸었는데…….
"저보다 훨씬 더 솔직하시네요."
그 여자가 만남을 허락했습니다.
전화 걸기를 잘했습니다.
'전화하면 싫어하겠지? 그럼 난 정말 민망하겠지?'
이렇게 생각하지 않았던 것이
얼마나 다행인지 모르겠습니다.

라로슈푸코가 말했습니다.
누군가에게 사랑의 감정을 품고
있을 때 그것을 숨기는 것과
사랑의 감정이 전혀 없으면서
있는 것처럼 숨기는 것은
둘 다 반드시 탄로가 나게 되어 있다.

사랑을 표현하는 방식

● 왼쪽으로 가는 여자

열두 달 중에서 11월을 가장 좋아합니다.

그 좋아하는 11월이 며칠 남지 않았습니다.

11월과 헤어지려니 왠지 울적합니다.

고궁에 가서 낙엽이라도 밟으며 계절의 정취에

흠뻑 취해 보고 싶습니다.

돌아오는 길에 밖이 훤히 내다보이는 카페에서

차 한 잔 마신다면 금상첨화일 겁니다.

그러다 아예 상상의 나래를 펼칩니다.

'이런 마음을 알아차린 남자가 급히 나오라고 불러낸다.

어디로 가는지 절대 알려 주지 않는 남자의 손에 이끌려

고궁으로 간다.

고궁에 가서는 남자와 다정히 손을 잡고 걸으며

도란도란 사는 이야기를 나눈다.

나는 언제 마음이 울적해지는지, 무엇 때문에 우울해지는지에 대해

그 남자에게 말한다.

그 남자도 언제 마음이 쓸쓸해지는지, 허전해지는지

내게 솔직하게 이야기해 준다.

처음 만나던 날을 함께 기억해 보는 것도 좋겠다.

그러면 나는 MP3를 꺼내

내가 좋아하는 음악들을 남자에게 들려준다.

그러다 어두워지면 남자와 조용한 카페로 자리를 옮긴다.

음악이 흐르고, 따뜻한 차가 놓인 테이블……

그런 분위기 때문에 배고픈 줄도 모른다면……

그럴 수 있다면 참 좋겠다.'

여기까지, 여기까지만 상상하기로 하고 서둘러 마음을 접습니다.

사실 그런 일들은 남자가 알아서 해주어야 합니다.

그런 것들을 일일이 말해 주고, 그런 일들을 일일이

해달라고 이야기하는 것은 정말 구차합니다.

그래서 천 일을 만난 남자에게조차 한 번도 말해 보지 못했습니다.

올해도 좋아하는 11월은 어김없이 가고 있는데,

며칠 남지 않았는데…….

요즘 일을 하는 게 신이 납니다. 여자 덕분입니다.

천 일 전, 그날이 그날 같던 인생 속으로 한 여자가

뛰어들었습니다.

그날부터 날마다 새로운 세상입니다.

'이 여자와 함께라면' 하는 꿈이 생겼고,

꿈이 생기자 목표가 확실해졌습니다.

'내가 일을 열심히 해서 성공하는 것이야말로 여자에 대한

내 사랑을 가장 확실하게 보여주는 것이다.'

일 때문에 여자를 자주 만나지는 못하지만 그래도 행복합니다.

일하다 문득문득 떠오르는 여자와 만나는 것이

가장 큰 기쁨입니다.

정 보고 싶으면 전화해서 목소리를 듣습니다.

하지만 가끔 욕심도 부려 봅니다.

'30분이라도 나를 보러 찾아와주면 좋겠다.'

사실 바빠도 30분 정도는 시간을 충분히 낼 수 있습니다.

그렇지만 30분 만나자고 여자를 오라고 하기에는

많이 미안합니다.

그래서 가끔, 단 10분이라도 나를 만나러 와주는 꿈을 꿉니다.

늘 꿈으로 끝나고 말지만……

밤늦게 퇴근하면서 다시 꿈을 꿉니다.

'혹시 나를 보러 집 앞에서 기다리고 있는 건 아닐까?'

한번은 이런 이야기를 슬쩍 꺼냈더니,

"그건 남자가 여자한테 해주어야 하는 거 아닌가?" 하면서

여자가 눈을 흘겼습니다.

'가끔은 남자들도 여자들이 이렇게 해주길 바랍니다.'

말하고 싶습니다.

그러나 오늘도 하지 못했습니다.

그러면서 오늘도 기대를 해봅니다.

'잠깐만 나와봐요. 한 5분만 같이 있다 들어가요.'

여자가 나를 먼저 불러주기를.

존 그레이는 말했습니다.
남자나 여자, 할 것 없이
모두 자기 좋아하는 방식대로
사랑을 표현할 것이 아니라
상대방이 생각하고 느끼고
반응하는 방식이 자기와 어떻게 다른지를
조금씩 터득해 가야 할 필요가 있다.

내가 잘못했어

● 왼쪽으로 가는 여자

"너 이런 말 아니? 남자는 여자를 사귀기 시작할 때
온갖 정성을 다 들이는데,
여자는 남자에게 믿음이 생기고 나야 온갖 정성을
쏟는다고 하더라.
내가 보니 지금 너희 두 사람이 딱 그런 것 같다."
남자가 달라진 것 같다고, 예전 같지 않다고 서운해하며 투덜대자
친구가 해준 말입니다.
'정말 그런 걸까?'
착잡한 마음을 끌어안고 지난날을 돌아봅니다.
정말 그런 것 같습니다.
남자가 달라진 것 같다고 느껴지는 기준이,
예전 같지 않다고 생각되는 기준이,
남자에게 마음을 주지 않았던 때인 것 같습니다.
그때 남자는 참 지극정성이었습니다.
하지만 그 무렵, 나는 열 번을 망설이다 한 번 만나자고 했습니다.
'시간 있어요?' 머뭇거리다 연락을 하면,
머뭇거린 내가 바보스러울 만큼 남자는 총알처럼 달려나왔습니다.
거리를 지나가다 무심히 '붕어빵 냄새가 참 좋지요?'라고 하면,
남자는 바람처럼 사라졌다 붕어빵을 사들고 돌아왔습니다.

가까워지는 게 두려워서 만나자는 약속을 두어 번쯤 거절하면
남자는 밤늦은 시각까지 집 앞에서 기다리고 있었습니다.
"얼굴이라도 한 번 보고 가려고요."
이랬던 남자가 요즘은 붕어빵을 먹고 싶다고 해도,
아예 노골적으로 사달라고 졸라도 못 들은 척합니다.
나는 이제야 비로소 남자가 무엇을 좋아하고 싫어하는지
알 것 같은데,
남자는 이제 내가 무엇을 좋아하고 싫어하는지
다 잊은 것 같습니다.
그래서 얼마 전에는 '이젠 내가 싫어졌나 보죠?'
슬쩍 마음을 떠봤습니다.
실은 그렇게 물어볼 생각은 아니었는데
그냥 불쑥 마음에도 없는 말이 나오고 말았습니다.
무슨 말이냐고 펄쩍 뛸 줄 알았는데 마음대로 생각하라며
버럭 화를 냈습니다.
눈물이 핑 돌았습니다. 그런데 참 이상합니다.
야속한 마음보다 아무래도 그렇게 말하는 게 아니었는데,
내가 잘못한 것 같아 마음이 움츠러듭니다.

좀처럼 마음의 문을 열지 않던 여자,

이제 겨우 문을 열어 주는 것 같더니 뜬금없이

'이젠 내가 싫어졌나 보죠?' 합니다.

그동안 내가 보여준 마음과 정성은 다 어디에 버리고

그렇게 엉뚱한 소리를 하는지 모르겠습니다.

심지어 친구가 이야기해 주었다며 이런 말도 했습니다.

"남자는 여자를 사귀기 시작할 때 온갖 정성을 보이고,

여자는 남자를 사귀고 나서 믿음이 생기면 그때

온갖 정성을 들인다고 하네요."

억울했습니다.

그래서 홧김에 마음대로 생각하라고 퉁명스럽게 굴었습니다.

그 말이 또 서운했나 봅니다.

함께 있는 동안 내내 뾰족하게 굴더니

할 일이 많다며 일찍 집으로 가버렸습니다.

그러고는 지금까지 연락이 없습니다.

그동안 내 마음을 그토록 다 보여주었는데,

그동안 얼마나 잘 해주었는데,

어디서 그런 이상한 소리를 듣고

말도 안 되는 소리를 하는 건지 모르겠습니다.

정말이지 야속합니다.

'어디 내가 먼저 연락하나 봐라.' 마음을 굳게 먹습니다.

그런데 시간이 흐를수록 자꾸

'내가 잘못한 게 아닌가?' 하는 생각이 듭니다.

'당신 마음을 얻느라 밀렸던 일에 열중하다 보니
요즘 당신에게 좀 소홀했었나 봅니다.'
여자의 마음을 다독거려 줄 것을.
그러고 보면 나도 참 속 좁은 놈입니다.

월터 스콧이 말했습니다.
애인들 사이의 싸움에서,
자기가 더 잘못했다고 인정하려 하는 것은
가장 강하게 사랑하고 있는 것이다.

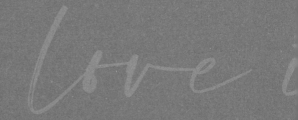

03

여자는 할 수 없어!
남자는 다 그래!

연애의 조건

● 왼쪽으로 가는 여자

남자 친구 이야기를 하며 웃고 떠드는데

한 친구가 황급히 끼어듭니다.

"그 남자, 안 되겠다. 얘!"

가슴이 철렁 내려앉습니다.

'방금 내가 무슨 이야기를 했지?'

서둘러 내가 한 말들을 돌이켜보지만 딱히 떠오르는 게 없습니다.

친구가 부연설명을 해줍니다.

"무슨 남자가 그렇게 수다스러워?"

이제 알겠습니다.

"만나면 주로 그 남자가 이야기하고 난 듣기만 한다."

조금 전에 이렇게 말했습니다.

말은 그렇게 했지만, 은근한 칭찬이었습니다.

왜냐하면 나는 말주변 있는 사람을 좋아하니까요.

무슨 얘기든 재미있게 하고, 늘 좌중을 웃게 만드는 남자에게

매력을 느낍니다.

하지만 친구는 그 말을 칭찬이 아닌 흉으로 받아들인 모양입니다.

그런데도 나는 친구에게 '그래서 그 남자가 좋은 건데?'라고
말하지 못했습니다.

심지어 남자에 대한 내 감정까지 흔들립니다.

눈치 빠른 한 친구가 얼른

'그 남자 안 되겠다, 얘!'라고 말한 친구의 입을 막습니다.

네 남자 친구도 아닌데 왜 그러느냐고.

하필 그 순간, 남자에게서 전화가 왔습니다.

친구들과 같이 있다는 내 말에

그는 "그럼 나도 거기로 갈까?" 묻습니다.

예전 같았으면 당연히 그러라고 했을 겁니다.

오지 않겠다고 해도 오라고 졸랐을지 모릅니다.

그러나 오늘은 아닙니다.

"무슨 남자가 실없이 여자들 모인 자리에 자꾸 끼려고 그래요?"

버럭 소리까지 지르며 구박을 하고 말았습니다.

친구들과 맥주 한잔을 하고 있는데 불현듯

여자 친구가 보고 싶어집니다.

여자도 지금쯤 친구들을 만나고 있을 겁니다.

오늘은 각자 친구들과 지내기로 했지만,

집으로 가는 길에 잠깐이라도 얼굴을 보고 싶습니다.

그 마음으로 전화를 걸었는데,

보기 좋게 거절당하고 말았습니다.

심지어 여자는 아무 데나 끼어들려 한다며

쏘아붙이기까지 했습니다.

그 여자는 가끔, 그럴 때가 있습니다.

상대방 기분 같은 것은 아랑곳하지 않고 자기 기분만 생각할 때.

그래서 나를 몹시 민망하게 만들 때…….

목소리에 얼마나 힘을 주어 쏘아붙였는지

휴대전화 밖으로 새어나온 여자의 음성이
친구들의 귀에까지 들어갔습니다.
친구들이 측은지심으로 나를 쳐다봅니다.
그런 눈빛이 싫어 나는 오히려 힘주어 말합니다.
"누가 뭐래도 난 이 여자가 좋다!"
할 말이 없다는 듯, 어처구니가 없다는 듯,
빠져도 푹 빠졌구나…… 하는 표정으로
친구들이 끌끌 혀를 찹니다.
"이보게들! 마시던 술이나 계속 마시게나."
애써 태연한 척했지만,
'이 여자가 또 왜 이러나……' 속은 자꾸 끓고 있습니다.
여자란 알다가도 모를 존재라더니 그 말이 꼭 맞습니다.

노먼 빈센트 필이 말했습니다.
남자가 여자를 사랑하는 첫째 조건은
그 여자가 자기 마음에 드느냐 안 드느냐 하는 것이다.
그러나 여자에게 있어서는 한 가지 조건이 더 필요하다.
그것은 자기의 선택이 다른 사람의
마음에 드느냐 어떠냐 하는 것이다.

서로가 원하는 것을 알기까지……

● 왼쪽으로 가는 여자

오늘은 남자를 만난 후 처음 맞는 생일.

혼자 별의별 상상을 다 합니다.

'혹시 오늘, 그 누구보다도 먼저 생일 축하를 해주고 싶어서

새벽부터 문자 메시지를 보내지는 않았을까?'

눈을 뜨자마자 휴대전화부터 살핍니다.

받은 문자가 없습니다.

괜히 멋쩍습니다.

집을 나서면서도 공연히 주위를 두리번거리며 살핍니다.

'혹시 집 앞에 꽃바구니를 두고 가지는 않았을까?'

생각하다가 고개를 떨어뜨리고 웃습니다.

회사에서도 문이 열릴 때마다 은근히 가슴 졸이며 기대합니다.

'혹시 생일 축하 꽃 배달이 오지 않을까?'

그러나 꽃 배달은 오지 않고 오후 4시쯤

남자에게서 전화가 왔습니다.

"몇 시쯤 만날까?"

'첫 생일인데…… 먼저 축하한다는 말 한 마디 해주면

얼마나 좋을까?'

서운함이 마음을 흔들어 놓습니다.

심지어 남자는 약속 시간보다 조금 늦게,

숨을 몰아쉬며 도착했습니다.

그리고 자리에 앉기도 전에 선물부터 내밀었습니다.

오는 길에 허겁지겁 사 가지고 온 것 같은 선물.

게다가 주면서 '세상에서 제일 힘든 일이

여자들 선물 사는 일인 것 같다'라는 말은

왜 덧붙이는지…….

하지 말았어야 했을 말을 아무 생각 없이 뱉어 놓고는

혼자 뿌듯해하는 남자.

남자에게서 받은 보랏빛 스웨터가 마음에는 쏘옥 들지만

감동할 수는 없습니다.

"여자들? 여자들 선물을 사준 경험이 많은가 보지?"

나 또한 하지 않았더라면 더 좋았을 말을 하고 맙니다.

그런데도 눈치를 못 챕니다.

지금 내 마음이 송곳처럼 뾰족해진 줄도 모르고,

그저 숨차게 달려왔다고 있는 대로 생색을 내며

찬물만 벌컥벌컥 들이켭니다.

참 둔한 남자입니다.

헤어지고 돌아서면 또 보고 싶은 여자.

오늘이 그 여자의 생일입니다.

무슨 선물을 해야 할지, 한 달 전부터 고민했습니다.

어머니에게 물어볼까, 연애박사인 친구 녀석에게 물어볼까,

동료 여직원에게 물어볼까……

고민을 하다가 얼핏 여자가 하는 얘기를 들었습니다.

"올가을에는 예쁜 스웨터 하나 사 입어야지."

함께 저녁을 먹고 나서 차를 마시러 가는 길에

쇼윈도를 쳐다보며

혼자 중얼거리는 여자를 본 뒤로,

내 눈에는 스웨터만 보였습니다.

어제는 급기야 회사 식당에서 점심을 먹자는

동료를 설득해서 근처 백화점으로 밥을 먹으러 갔습니다.

그리고는 우연을 가장하고 여자 동료들 틈에 끼여

잠시 여자 옷 구경을 했습니다.

하지만 애쓴 만큼의 보람은 없었습니다.

여자 옷을 고르는 일은 정말 쉽지 않았습니다.

그냥 근사한 레스토랑에 가서 저녁이나 먹는 게 낫겠습니다.

그래도 오늘 한 번 더 도전을 했습니다.

백화점에서 남자 혼자 여성 의류 매장을 돌아보는 것은

사랑에 미치지 않곤 할 수 없는 일이 아닐까 싶을 만큼

용기가 필요했습니다.

더구나 "여자분 사이즈가 어떻게 되시죠?"라는
물음까지 받았습니다.
'사이즈'라는 생각지 못한 복병.
다행히 매장에서 여자 친구와 비슷한 체격의 손님을
운 좋게 만났습니다.
'내가 언제 이렇게 뻔뻔해졌을까?'
내가 나를 이해하지 못하면서도 기분은 매우 좋았습니다.
숨차게 달려가 얼른 스웨터부터 내밀었습니다.

존 그레이가 말했습니다.
사랑하는 관계에서 서로 원하는 것이
모두 일치하지는 않는다.
남녀가 서로 다르다는 사실을
깨닫고, 연인에 대해 배우고,
연인의 독특한 요구를
존중해 주는 것이 중요하다.

사랑할 때 버려야 할 1순위

● 왼쪽으로 가는 여자

이제 눈을 떠야 할 시간입니다.

그런데 따뜻한 체온이 감도는 이불의 유혹을

떨치기가 쉽지 않습니다.

누운 채 생각에 잠깁니다.

'꼭 그 남자 마음 같구나. 따뜻한 이불 속에서 빠져나오기 힘든 게

꼭 그 남자를 끌어안고 놓아 주지 못하는 내 모습 같아.'

남자를 바라보기 시작한 지 1년입니다.

지난해 12월부터 가끔씩, 아주 가끔씩만 날 쳐다봐주는 남자를

나는 1년째 하염없이 바라만 보고 있습니다.

"그러지 말고 네가 먼저 다가가. 가서 네가 먼저 마음을 보여줘."

친구도 같은 말을 1년째 되풀이하고 있습니다.

'하지만 그러지 못하는 게 바로 나인 걸 어떡해.'

누운 채로 긴 한숨을 내쉬며 답답한 마음을 달래보지만,

가슴은 여전히 먹먹합니다.

남자들은 참 이상합니다.

듣지 않고 보지 못하면 듣지도 못하고 보지도 못하는 것 같습니다.

그 남자는 속마음을 드러내지 못하고 가슴앓이를 하는 나 대신
"선배가 참 좋아요. 선배는 내가 싫은가 보죠?" 하면서
따라다니는 후배를 좋아합니다.

그 후배에게는 따로 만나는 남자가 있는데도 말입니다.

'바보.'

먹먹한 가슴에 큰 바위 하나가 얹혔습니다.

눈이 질끈 감깁니다.

남자를 찾아가서 그 후배에게는 따로 사귀는 남자가
있다는 것을 말해 주고 싶은데
좀처럼 용기가 나지 않습니다.

심지어 남자는 이런 말도 했습니다.

'넌 혼자서도 참 잘 살아낼 것 같다. 똑똑하고 강한 것 같아.'

남의 속도 모르고.

두 여자가 있습니다.

한 여자는 동갑이고, 한 여자는 두 살 아래의 후배입니다.

처음에는 동갑의 여자에게 끌렸습니다.

생각이 깊고, 신중하고, 말이 많지 않은 여자.

만나면 참 편했습니다.

좋아하는 감정을 '배려'라는 것으로 보여주는 여자였습니다.

여자로부터 '날 깊이 배려하고 있다'는 느낌을 받을 때마다

뿌듯한 마음으로 여자를 오래오래 쳐다보았습니다.

그런데 두 살 아래 후배가 내 마음을 가로막았습니다.

두 살 아래 후배는 그 여자를 바라보는 내 시선을 싹둑 잘라내고도

자기가 무슨 짓을 했는지조차 모르는 여자입니다.

내 얼굴이 서쪽을 향해 있으면 얼른 다가와 동쪽으로 돌려 놓고는

"난 동쪽에 있다구요" 하는 여자입니다.

가끔 휴대전화를 빼앗아가서는 "나 빼고 여자 이름은 모조리

삭제해 버릴 거야" 하면서 말도 안 되는 소리를 하는 여자입니다.

만나는 남자가 있으면서도 친구 사이라고 우기는 여자입니다.

문제는 두 여자가 아니라 내게 있습니다.

말이 되는 여자보다 말이 안 되는 여자가 더 눈에 들어옵니다.

말이 안 되는 여자는 눈에 안 보이면 불안하고,

그 여자는 내가 없으면 안 될 것 같은 생각이 듭니다.

친구들은 '아주 단단한 콩깍지가 씌었다'고 타박합니다.

내가 생각해도 그런 것 같습니다.

말이 되는 여자에게서는 점점 멀어지고,

말이 안 되는 여자에게 점점 다가갑니다.

요한 볼프강 폰 괴테가 말했습니다.

남자가 젊은 여자를 좋아하는 것은

지성과는 전혀 상관없는 문제다.

여자의 아름다움, 젊음, 애교, 성격,

단점, 변덕. 그 밖의 말로 표현할 수 없는 여러 가지를

좋아하지만 결코 여성의 지성을 사랑하지는 않는다.

이미 사랑이 깊다면,

지성은 우리들을 연결하는 역할도

충분히 할 수 있으리라.

그러나 불타오르게 하고 정열을 불러일으키는 힘은

지성에는 없는 것이다.

이상한 남자, 이상한 여자

● 왼쪽으로 가는 여자

등을 돌렸습니다.

남자에게서 등을 돌리자 모든 것이 달라 보입니다.

세상에 그처럼 진실한 사람이 없는 듯싶더니,

이젠 세상에 그런 거짓말쟁이가 없는 것 같습니다.

남자는 분명히 말했습니다.

"지금까지 내 가슴을 뛰게 한 여자는 너뿐이야."

얼마 전, 그 남자가 내게 했던 말을 추억하며 되물었습니다.

"그렇게 말했던 거 기억나?"

사랑을 확인받고 싶어 하는 것으로 보일지도 모른다는 생각에
무척 조심스러웠습니다.

그래서 몇 번을 망설이다 물었습니다.

그런데…… 세상에!

그 남자는 기억조차 하지 못했습니다.

"내가 그런 말을 다 했어?"

물론 기억을 못할 수도 있습니다.

하지만 적어도 이렇게는 말했어야 합니다.

"그래? 내가 그런 말을 했었어? 하기는……

기억은 잘 나지 않지만 아마 그랬을 거야.

아니다. 그보다 더 과장해서라도 너에 대한 내 마음을
전하고 싶었을 거야."

감정을 사기당한 기분입니다. 속은 기분입니다.

그도 눈치를 챘는지,

"아니 지금, 그런 말을 했고 안 했고……

그런 게 뭐가 그렇게 중요하다는 거야?

서로 좋아하면 된 거지."

뒤늦게 수습합니다.

하지만 이미 싸늘해질 대로 싸늘해진 내 감정은
꿈쩍도 하지 않습니다.

자신이 한 말조차 기억하지 못하는 남자를 사랑할 수는 없습니다.

아니, 사랑하기 싫습니다.

내가 그 남자에게 특별한 존재가 아니라면 더더욱…….

오른쪽으로 가는 남자 ●

소리를 '버럭' 지르고 싶은 걸 있는 힘을 다해 참았습니다.

정말 지긋지긋한 사랑타령이 아닐 수 없습니다.

만나기 시작한 지 벌써 봄, 여름, 가을,

겨울이 두 번이나 바뀌었습니다.

그런데도 여자는 틈만 나면 사랑을 점검합니다.

"내가 왜 좋았는데?"

"그때 당신이 내게 이런 말 했던 거 기억나?"

나는 수시로 불심검문을 당합니다.

그 때문에 늘 긴장의 고삐를 늦추지 않아야 합니다.

불심검문에 걸리지 않으려고 애를 썼는데…… 그만 방심했습니다.

그런데 이번엔 내 마음이 예전 같지 않습니다. 자꾸 화가 납니다.

'좋아하는 마음 없이, 사랑하는 마음 없이
어떻게 2년을 만났을까?'
여자가 자기 자신에게 이렇게 물어보았어야 합니다.
한 번이라도 스스로에게 그 물음을 던졌다면
사랑한다고 말했던 걸 기억하고 있지 못한다고 해서
지금의 사랑을 의심하는 일은 없을 테니 말입니다.
여자는 북풍처럼 차갑게 등을 돌리고 가버렸습니다.
그런 일이 자주 반복되었고, 그럴 때마다 여자의 집 앞에서
기다리고 있다가 토라진 그 마음을 풀어 주고 돌아왔었습니다.
긴 편지를 쓰고, 여자의 마음이 풀릴 때까지 빌고 또 빌고.
하지만 이번에는 아무것도 하고 싶지 않습니다.
'그런 너는 왜 한 번도 내게 사랑한다고 말해 주지 않아?'
나 역시 여자에게 묻고 싶은 말들이 많습니다.

알프레드 드 뮈세가 말했습니다.
남자는 모두가 거짓말쟁이고,
바람둥이이고, 가짜이고, 말이 많고,
오만하든가 비겁자이고,
남을 형편없이 깔보는 자이며 정욕의 노예다.
여자는 모두가 배반자이고,
교활하고, 허영심 강하고,
실속 없고, 본마음이 썩어 있다.

정말 실망이야!

"에이, 그럼 오늘은 아무 일도 못하겠네."

휴대전화를 끊으며 투덜거리는 남자에게 그 이유를 물었습니다.

친구 아버님이 돌아가셨다고 합니다.

그런데 투덜거리다니. 친구의 아버님이 돌아가셨다는데

볼멘소리를 하다니.

순간, 갑자기 그가 꼴도 보기 싫어집니다.

내 생각대로라면 남자는 지금 당장 가봐야 하겠다고

일어서야만 합니다.

얼른 달려가서 부친상을 당한 친구 곁에 있어야겠다고,

내가 붙잡아도 뿌리치고 가는 게 맞을 겁니다.

그런데 남자는 '오늘 밤 시간'을 빼앗겼다며 투덜대고 있습니다.

'이 남자가 이 정도밖에 안 되는 사람이었나?

내가 이런 남자를 사랑하고 있는 건가?'

마음이 복잡하게 끓어오릅니다.

그것도 모르고 남자는 어디론가 전화를 겁니다.

절반은 친구 아버님의 부음 소식을 전하는 내용이고,

절반은 밤에 만나기로 했던 사람들과의 약속을

취소하는 내용입니다.

전화하는 동안에도 남자는 상 당한 친구 이야기를

무덤덤하게 전합니다.

정이 떨어집니다. 인간미가 없어 보입니다.

마침내 더는 참지 못하고 비아냥거리고 말았습니다.

"절친한 친구의 아버님이 돌아가셨다는데,

어쩌면 그렇게 아무렇지도 않아요?

지금이라도 당장 달려가야 하는 거 아니에요?"

너무 느닷없어서일까? 아님, 미안한 마음이 들었던 것일까?

남자가 눈을 동그랗게 뜨고 바라봅니다.

그런데 왠지 억울하다는 표정입니다.

나 원 참! 정말이지 한심한 남자입니다.

이런 한심한 남자를 사랑하다니……

그 남자보다 내가 더 한심합니다.

오늘 밤, 몇몇 가까운 친구들끼리 모임이 있습니다.

만나서 다 함께 두 친구의 부모님을 찾아뵈러 가기로 했습니다.

한 친구는 유학을 가 있고, 한 친구는 위암으로 세상을 떠났습니다.

두 친구는 각각 '우리 부모님을 가끔 찾아뵙고

말동무 좀 해드려라' 하며

신신당부하고 떠났습니다.

그래서 친구들과 어렵게 시간을 맞춰 놓았는데,

또 다른 친구가 부친상을 당했다고 합니다.

아무래도 약속을 취소하는 게 옳을 것 같습니다.

여럿이 시간을 맞추는 일이 힘들었지만

그래도 서둘러 약속을 취소하고,

영안실을 지킬 만한 몇몇 친구들에게 연락을 돌립니다.

아버님을 잃은 친구는 외아들입니다.

이럴 때 가까운 친구들이 힘이 되어 주어야 한다고

생각하고 있습니다.

그래서 열심히 전화를 걸고 있는데,

곁에 있던 여자가 이유 없이 토라져서는

가시 돋친 말을 내뱉습니다.

친구 아버님이 돌아가셨다는 연락을 받고도

지금 당장 달려가지 않는다고,

나를 나쁜 놈으로 몰아붙입니다.

세상에!

내가 사랑하는 여자가, 날 사랑한다는 여자가 대체 지금까지

나를 어떤 인간으로 알고 만난 건지…….
상당히 불쾌합니다.
실망입니다.
이 여자는 나를 대단히 한심한 놈,
철없는 놈 취급을 하고 있는 겁니다.

프란체스코 알레로니가 말했습니다.
소중한 사람일수록 우리를 실망시키는 일이 잦다.
그래서 모순의 감정이 생긴다.
상대를 깊이 사랑하면 할수록
결과적으로 공격하고자 하는 감정도 강해진다.

여자의 속마음은 알다가도 모른다

● 왼쪽으로 가는 여자

'무슨 옷을 입을까?' 고민하다가

지난주에 사둔 새 옷이 생각났습니다.

갑자기 신바람이 납니다.

오늘을 위해 사둔 옷인데 그만 깜박 잊고 있었습니다.

입을 옷이 산뜻하게 해결되자 빨리 남자를 만나고 싶어집니다.

오늘은 남자를 만난 지 정확히 1년이 되는 날.

사실 어제 느닷없이 만나자고 했을 때 조금 당황했습니다.

'혹시 이 남자가 1년째 되는 날을 잘못 기억하고 있는 건 아닐까?'

다행히 아니었습니다.

빗나간 예상은 나를 더더욱 흥분시켰습니다.

'어쩌면 이 남자, 오늘 만났으니 내일은 만나지 않을 거라는

기대를 하게 해놓고 깜짝 파티를 준비하고 있는 건지도 모른다.'

가슴이 콩콩 뛰었습니다.

그런데…… 그런데…… 해가 저물도록 남자로부터

소식이 없습니다.

'오늘이 우리가 만난 지 1년째 되는 날이라는 것을

모르는 게 아닐까?'

불길한 예감마저 듭니다.

깜짝 파티는커녕 기억조차 못하다니…….

그렇다면 나 혼자 온종일 소설을 쓴 겁니다.

'뭐 이런 남자가 다 있담?'

불쾌함, 창피함, 야속함이 뒤섞이면서 심정이

사나워집니다.

날 이토록 비참하게 만드는 남자,

정말이지 미워 죽겠습니다.

휴대전화를 끄고 무언의 시위를 시작합니다.

무관심한 남자, 절대 용서할 수 없습니다.

하루 종일 도서관에 있었습니다.

하지만 어제도 그러더니 오늘도 도통 공부가 되지 않습니다.

밤늦게까지 있기로 했던 계획을 수정하고 밖으로 나옵니다.

어디로 갈까? 뭘 할까?

잠시 망설이다가 대형 서점으로 발길을 옮깁니다.

미래가 막막하고 답답할 때 서점에 들러 책들을 뒤적이다 보면

마음이 정리됩니다.

서점으로 가는 길에도 어수선한 생각이 꼬리에 꼬리를 뭅니다.

군대, 취직, 연애…… 세 가지 숙제가 한꺼번에

어깨를 짓누르는 것 같습니다.

그런데 오늘은 서점에서도 어제 여자가 말했던 책만 보입니다.

친구가 꼭 한 번 읽어 보라고 권했다며

혹시 읽어 봤는지 물었던 그 책.

오늘도 마음은 여자에게로 향하나 봅니다.

책을 사서 여자의 집으로 발길을 돌리며 전화를 겁니다.

그런데 여자가 전화를 받지 않습니다.

신호가 가는데 받지 않는 건 오히려 신경이 쓰이지 않습니다.

하지만 전화기를 꺼놓고 안 받는 건 몹시 신경이 쓰입니다.

나에 대한 시위일지도 모르기 때문입니다.

잘못한 일이 있었는지 생각해 보았습니다.

하지만 좀처럼 떠오르는 게 없습니다.

어제도 만났습니다. 헤어지고도 문자 메시지를 주고받았습니다.

그사이 나로 인해 마음 상할 일은 없었을 겁니다.

'설마 나 때문에 휴대전화를 꺼놓은 건 아니겠지?'
가볍게 여기려고 하는데,
자꾸만 휴대전화를 만지작거리게 됩니다.
휴대전화가 자꾸 나를 붙듭니다.

지그문트 프로이트가 말했습니다.
30년간 여자에 대해 연구했지만
가장 큰 의문은
도대체 여자가 무엇을
원하는지 모른다는 것이다.

뒤쫓기

● 왼쪽으로 가는 여자

남자에게서 일주일째 소식이 없습니다.

'네가 원하던 일 아니었어?'

내가 나에게 묻습니다.

선뜻 답이 나오지 않습니다.

남자를 알게 된 건 두 달 전쯤입니다.

자기 마음을 참 적극적으로 표현하는 남자였습니다.

'만나자, 함께 연극을 보러 가자, 주말에는 기차 타고

바다를 보러 가자.'

남자는 생각할 겨를을 주지 않고 다가왔습니다.

'몇 번 만나보지도 않고 어떻게 이렇게 적극적일 수 있을까?'

나는 남자의 마음을 믿을 수가 없었습니다.

왜냐하면 나는 남자가 아무리 마음에 들어도

겨우 두어 번 만난 남자와 주말에 기차 타고

바다를 보러 가지는 않기 때문입니다.

'나와는 다른 사람 같아. 어쩌면 모든 여자들에게

주말에 기차 타고 바다를 보러 가자고 하는 남자일지도 몰라.'

모든 여자들 중의 한 사람이 되기는 싫었습니다.

그래서 남자가 성큼성큼 다가올 때마다

주춤주춤, 뒤로 물러서며 남자를 살피고 관찰했습니다.

아주 가끔,

'이 남자 말대로 이 사람한테 내가 특별한 존재일지도 모르겠다.'

남자의 말과 행동을 믿어 보고 싶은 충동이 일었습니다.

그런데 일주일 전,

"당신의 마음이 언제쯤이면 내 마음과 같아질까?"

쓸쓸한 눈빛으로 이 말을 남기고 간 남자가

지금까지 연락이 없습니다.

'남자의 진정을 너무 몰라준 것은 아닐까.' 미안합니다.

'무슨 안 좋은 일이라도 있는지 전화를 걸어볼까?' 망설입니다.

망설이고 머뭇거리고 갈등하다가 문자 메시지를

보내보기로 했습니다.

'혹시 무슨 안 좋은 일이 있는 건 아니죠? 걱정되네요.'

이렇게 적었다가 '걱정되네요'라는 글자는 그냥 지웁니다.

두 달 전 한 여자를 만났습니다.

나 자신도 놀랄 만큼 무서운 속도로 다가갔습니다.

'속도를 조금만 줄이자.'

마음이 외쳤지만 몸이 말을 듣지 않았습니다.

아침부터 밤까지 그 여자만 생각했습니다.

모든 것을 그 여자와 함께하고 싶었습니다.

그게 탈이었던 것 같습니다.

나만큼은 아니었어도 적어도 내게 호감은 보였는데,

언제부터인가 여자가 나를, 내 마음을 의심하는 것 같았습니다.

답답합니다.

마음이란 보여줄 수 없는 것이어서 상대방이 내 말을 믿지 않는 한

어쩔 도리가 없습니다. 의심하면 의심받고,

오해하면 오해받는 수밖에.

여자는 나를 귀찮아합니다.

아무래도 다가가는 방법이 서툴렀던 것 같습니다.

아니, 나를 싫어하는 것 같기도 합니다.

가슴이 터질 것 같습니다. 벌써 일주일째 날마다

술에 취해 잠이 듭니다.

'잊자. 내가 싫다지 않은가.'

마음을 추스르는데 여자에게서 문자 메시지가 왔습니다.

'혹시 무슨 안 좋은 일이라도 있나요?'

이건 또 무슨 뜻인지…….

겨우 추스른 마음이 다시 요동을 칩니다.

세바스티앙 샹포르가 말했습니다.
여성은 그림자와 같다.
뒤쫓으면 날아가 버리고,
달아나면 쫓아온다.

love is real

여자는 할 수 없어!
남자는 다 그래!

● 왼쪽으로 가는 여자

"어디야?"

"밖이야. 오늘 조금 일찍 나왔어."

"저녁에 만나기로 한 거 잊지 않았지?"

"응."

"그래 그럼 이따 만나자. 참, 오늘 예쁘게 하고 나와.
여동생이 오늘은 무슨 일이 있어도 너 좀 꼭 보잔다."

남자의 말이 떨어지기 무섭게 가슴으로 뜨거운 불덩이가 치밉니다.

세상에! 무슨 남자가 늘 이런 식인지 모르겠습니다.

여동생이 나오겠다고 했다면 남자는 어젯밤에

미리 알려 주었어야 합니다.

아니면 최소한 아침에 집에서 나오기 전에라도

귀띔을 해주었어야 합니다.

"아니, 그런 얘길 지금 해주면 어떡해?"

버럭 소리를 지르고 말았습니다.

"아니, 내 여동생 만나는 일이 그렇게 대단한 일인가?
그런 얘길 왜 미리 해야 하는 건데?"

오늘 아침 나는 평소보다 일찍 집을 나서야 했고,

시간에 쫓겨 '머리를 감을까 말까?' 고민하다가

그냥 집을 나섰습니다.

"그런 줄 알았으면 머리라도 감고 나오잖아!"

남자는 지금 내가 어느 정도로 화가 나 있는지 감도 잡지 못합니다.

"머리 감는다고 뭐가 달라지는데?"

말이 통하지 않습니다.

"나 오늘 안 만나. 여동생하고 둘이서 만나든지 말든지

마음대로 하라구!"

일방적으로 말하고는 전화를 끊었습니다.

그런데 화가 가라앉자 후회가 됩니다.

친구 숙제 도와주기로 한 것을 뒤로 미루고 집에 들어가

머리도 감고 옷도 갈아입기로 마음먹고 남자에게

문자 메시지를 보냅니다.

'어디로 가면 되는데?'

아무리 생각해봐도 내가 대체 무엇을 잘못했는지 모르겠습니다.

여자의 말대로라면, 어젯밤에 전화를 해서 오늘 만날 때

내 여동생이 따라 나올 거라는 얘길 해주었어야 했는데,

그 얘길 오늘 해준 것이 잘못이라고 합니다.

그렇다고 인정은 할 수 있습니다.

하지만 솔직히 그게 버럭 화를 낼 정도로 잘못한 일인지는

감이 안 잡힙니다.

아마 시간에 쫓겨 머리도 감지 못하고 나온 모양입니다.

그렇다면 그 모습 그대로 나오면 됩니다.

부모님을 만나러 가자고 한 것도 아니고,

단지 여동생이 오빠가 사귀는 여자가 어떤 여자인지

궁금해서 따라 나오겠다고 한 건데

그게 그렇게까지 화를 낼 정도로 잘못한 일이라는 것인지.

화만 낸 것이 아니라 아예 만나지 않겠다고 소리까지 질렀습니다.

나도 화가 납니다. 약속을 포기하고 여동생에게

전화를 걸었습니다.

"오늘 만나기로 한 거 다음으로 미루어야겠다."

"왜? 둘이 싸웠어? 내가 보러 나가는 거 싫대?"

이젠 여동생까지 남자의 속을 긁어 놓습니다.

그러고 보니 동생도 여자입니다.

여동생에게 '나한테 일이 생겨서 그런다' 거짓말까지 하고

전화를 끊었는데, 여자에게서 문자 메시지가 왔습니다.

'어디로 가면 되는데?'

요한 볼프강 폰 괴테가 말했습니다.
여자는 현미경으로 들여다보아야 하고,
남자는 망원경으로 바라보아야 한다.
여자는 마음에 떠오른 말을 하고,
남자는 마음먹은 말을 한다.
모든 남자들의 결론은 '여자는 할 수 없어'이고,
모든 여자들의 결론은 '남자는 다 그래'이다.

이해하기 어려운 존재

마음의 문이 굳게 닫혔습니다.

마음의 문이 닫히자 입도 닫힙니다.

아무 말도 하고 싶지 않습니다.

남자가 묻는 말에 간단한 대답조차 하기 싫습니다.

이 상태로 계속 함께 있는 것이 무의미하다고 여겨져

집으로 가겠다고 했습니다.

"왜? 갑자기 왜 그러는 거야?"

남자가 애처로울 만큼 묻고 또 물었지만

이미 싸늘해질 대로 싸늘해진 내 마음이

돌아서지 않습니다.

데려다 주겠다는 남자를 두고 혼자 냉정하게 돌아섰습니다.

돌아서 오는 내내 남자의 심리를 분석했습니다.

'도대체 이 남자는 나를 어떻게 생각하고 있는 것일까?'

1년을 사귀고도 원점으로 돌아가

'이 남자는 날 어떻게 생각하고 있는 걸까?'

질문하게 만든 이유는 이렇습니다.

남자는 지금까지 한 번도 '당신, 참 멋지다'는 말을

한 적이 없습니다.

그렇다고 이 말을 꼭 듣고 싶은 것은 아닙니다.

하지만 거리에서 스치는 여자들에게조차

'저 여자 참 근사하다'라고 말하길 좋아하면서

어떻게 자기 여자에게는 그토록 인색하게 구는지

그 이유를 모르겠어서 화가 날 뿐입니다.

남자는 친구의 애인이나 내 친구,

패스트푸드점에서 아르바이트하는 여자들까지도

모두 근사하다고 여깁니다.

처음에는 귓가를 스쳐가는 바람처럼 흘려들었습니다.

그러나 이젠 늘 끊임없이 다른 여자들과 비교당하는 것 같아서

흘려들을 수가 없습니다.

더구나 그런 잘못을 해놓고도

늘 아무렇지도 않은 남자의 무관심이 나를 질리게 합니다.

내가 가장 두려울 때는 여자가 입을 꾹 다물어 버릴 때입니다.

한동안 말없이 있던 여자가 느닷없이 집으로 가겠다고 합니다.

이럴 때는 아무리 이유를 물어도 대답하지 않습니다.

절대로 입을 열지 않습니다.

이런 일, 지금까지 한두 번이 아닙니다.

처음에는 여자가 연기처럼 사라질 때마다

집으로 찾아갔습니다.

가서 왜 그랬는지 이유를 물어보고 어떻게 해서든

여자의 얼어붙은 마음을 풀어 주고 돌아섰습니다.

그런데 오늘은 그러고 싶지가 않습니다.

여자가 갑자기 마음의 문을 쾅 닫고, 입을 꾹 다무는 이유들.

나는 정말 납득하기 힘듭니다.

"그 여자가 그렇게 근사해 보이면 가서 그 여자하고 사귀어요."

"어떻게 내 앞에서 다른 여자 칭찬을 할 수 있는 거예요?"
이유는 매번 똑같습니다.
아마 오늘도 토라진 이유는 크게 다르지 않을 겁니다.
내게도 잘못은 있습니다. 매번 똑같은 실수를 한다는 것.
제발 내가 매번 똑같은 실수를 하는 이유를
여자가 알아주었으면 합니다.
'내게 당신과 비교하고 싶은 여자는 아무도 없다.'
그러니까 이 여자 곁에서 당당하고 떳떳하게
'저 여자 참 근사하네'라고 말할 수 있다는 걸
왜 모르는지 이젠 나도 화가 납니다.
심지어 오늘은 이런 생각도 스칩니다.
'그 여자 자신이 나보다 더 근사한 남자에게 자주 흔들리기 때문에
이런 자신을 있는 그대로 받아들이지 못하는 것은 아닐까?'

바이런이 말했습니다.
남자는 이해하기 어려운 동물이지만
여자는 더 이해하기 어려운 존재다.

거짓말하는 나라

● 왼쪽으로 가는 여자

"너를 소개시켜 달라는 선배가 있는데……."

친구가 조심스럽게 운을 뗍니다.

속으로 쾌재를 부릅니다. 그러나 최대한 무덤덤하게 대꾸합니다.

"선배라니? 어떤 선배?"

이렇게 묻지만 나는 이미 친구가 언급한 선배를 알고 있습니다.

거리에서 친구와 마주쳤을 때 함께 있던 남자.

보자마자 내 마음에 쏘옥 들어온 남자.

친구와 무슨 사이일까? 궁금해하다 그 남자를

'선배'라 부르는 친구를 보고는

가슴을 쓸어내리며 한 번 더 슬쩍 훔쳐보았던 남자.

그날 이후 아주 많이, 그러나 전혀 내색하지 않고 기다렸습니다.

남자의 연락을.

그날 나를 바라보던 그 선배라는 남자의 눈빛이

예사롭지 않다는 것을

직감으로 알았습니다.

'혹시 이 남자가 데이트 신청을 해올지도 모르겠다'하는

감이 있었습니다.

예감은 적중했고, 지금 나는 가슴이 몹시 두근거립니다.

"지난번에 우연히 마주쳤을 때 말이야.

그때 내 옆에 있던 남자, 기억 안 나?

왜 내가 선배라고 소개시켜줬었잖아.

그 선배가 자꾸 네 이야기를 하네.

사귀는 남자 있냐고 물어봐서 없다고 했는데, 괜히 그랬나?"

"아, 그 남자?"

짐짓 모른 척하며 마음을 숨깁니다.

"네가 싫다면 그사이 만나는 남자가 생긴 것 같다고 할게."

"글쎄……."

"그러지 말고 한번 만나봐. 정말 좋은 선배야. 괜찮은 남자고."

친구는 바싹 다가서며 남자의 프로필을 줄줄 읊어댑니다.

나는 더더욱 마음을 꼭꼭 숨깁니다.

하지만 이미 내 대답은 정해져 있습니다.

"알았어. 그럼 한번 만나나 보지 뭐."

오른쪽으로가는 남자 ●

지난주였습니다.

후배를 만나고 헤어지는 길에 후배 친구라는

여자를 우연히 길거리에서 마주쳤습니다.

마음에 들었습니다. 그 뒤 후배를 만날 때마다,

'그 여자가 마음에 든다는 이야기를 어떻게 하면 좋을까?'

고민했습니다.

"지난번에 만났던 네 여자 친구 말이야, 혹시 사귀는 남자 있니?"

"내 이상형이 딱 지난번에 만났던 네 친구 같은 여자인데……."

눈치 없기로 소문난 후배는 이렇게 몇 번이나 언질을 준 끝에야

알아듣고는 물었습니다.

"왜? 그 친구가 마음에 들어?"

그사이, 혹시 후배가 먼저

A. 에르망은 말했습니다.
남자란 '거짓말하는 나라'의 서민이지만
여자는 그 나라의 확실한 귀족이다.

"그 친구가 선배보고 괜찮은 남자라고 하던데?"
내 마음을 떠봐 주기를 내심 기대하고 있었습니다.
그런데 '왜?'라고 묻는 걸 보니 나 혼자만의
생각이었던 것 같습니다.
그래도 괜찮습니다.
후배 말로는 그 여자에게 지금 사귀고 있는 남자가 없다고 합니다.
"알았어. 내가 어떻게 해서든 자리 한번 마련해 볼게."
시원하게 말했습니다.
다시 고민합니다.
후배에게 어떻게 물어봐야 할 것인지, 이 고민은 끝나 후련하지만
이제는 또 그 여자를 만나면 내 마음을 어떻게 표현해야 할지,
이런 고민이 생겼습니다.

시시하거나 길고 드물게……

● 왼쪽으로 가는 여자

어제를 후회하면서 맞는 오늘, 시작이 가뿐하지 않습니다.

'왜 그랬을까?'

어제 일을 더듬어 봅니다.

"당신에게는 사랑하는 게 왜 그렇게 쉬운 일이죠?"

나도 모르게 느닷없이 끄집어내고 만 내 속마음.

있는 대로 속내를 드러내놓고 만 어제의 내 모습을

후회하고 있습니다.

하지만 말을 하고 나니 분명해지는 것도 있습니다.

나를 만나기 전까지 남자가 보내온 시간들,

그 시간의 흔적들을 내가 받아들이지 못하고 있다는 것입니다.

모르고 시작한 사랑은 아닙니다.

사랑하기 전에 이미 여러 명의 여자 이름을 들었습니다.

나 또한 이 남자를 만나기 전에 스쳐간 인연들이 있습니다.

그러니 상관없습니다.

이 남자를 만나려고 그들과 사귀었다고 생각하면 됩니다.

남자도 그렇게 생각해 주면 될 일입니다.

나를 만나려고 그들과 만났던 것이라고 생각하면 됩니다.

그런데 머리로는 이해되는 일이 가슴으로는

받아들여지질 않습니다.

사랑이란 그 사람을 소유하고 싶다는 욕심에서 출발하나 봅니다.

적어도 나는 아무나 사귀지 않았습니다.

적어도 나는 쉽게 사랑하지 않았습니다.

그래서 적어도 나는 사랑 앞에서 떳떳합니다.

그런 점에서 나와 남자는 다릅니다.

나하고 달랐다, 라는 생각이 꼬리에 꼬리를 물고 나를 괴롭힙니다.

그러다 툭 속내를 드러내고 만 것입니다.

"왜 그렇게 아무나 만나고 다닌 거죠?"

대답 대신 안타까운 눈길로 쳐다만 보던 남자의 얼굴이

마음을 더 쓰리게 합니다.

어제, 여자가 말했습니다.

"난 적어도 아무 남자나 만나지 않았고,

최소한 사랑을 쉽게 생각하며 남자를 사귀지는 않았어요.

그런데 당신은 왜 그렇게 사랑을 쉽게 생각하죠?"

여자가 이렇게 말할 때 남자는 이렇게 말해야 합니다.

'그게 무슨 소리냐. 왜 그렇게 생각하느냐.

난 지금 당신을 사랑하고 있다.

지금 내가 사랑하는 여자는 당신밖에 없다.

이외에 무슨 말이 더 필요하냐.'

그러나 나는 하지 않았습니다. 못한 게 아니라 안 했습니다.

여자가 나를 왜 그렇게 생각하고 있는지 모르겠어서……

그래서 여자가 어떤 말을 듣고 싶어 하는지 알면서,

내가 어떤 말을 해야 되는지 알면서도 하지 않은 겁니다.

그동안에도 여자는 몇 번인가

농담 반 진담 반으로 이야기한 적이 있습니다.

"당신과 사귄다고 하니까 여기저기서

여러 명의 여자 이름이 들려오던데요?"

여자가 이야기한 그 여러 명의 여자들을 나는

'혹시 이 여자가 내 사랑일까? 내 운명일까?' 생각하며

만났던 것은 사실입니다.

그러니 만약 그동안 서너 번 정도 만나다 헤어지고,

연인이 아닌 친구처럼 알고 지내온 여자들까지

모두 다 '사랑'으로 엮는다면,

어제 여자가 내게 왜 그토록 지독하게 따져 물었는지

이해할 수는 있습니다.

하지만 나는 그렇게 이해하기 싫습니다.

구차한 변명 또한 하기 싫습니다.

그렇지만 이유야 어떻든

내가 처음 사랑으로 알고 만나는 여자가

지금 나 때문에 마음 아파합니다.

내가 괴로운 것은 그 때문입니다.

독일의 민속학자 바스타가

말했습니다.

남자는 시시하게 자주 사랑하고,

여자는 길고 드물게 사랑한다.

연애주식회사

● 왼쪽으로 가는 여자

남자와 다뤘습니다.

오늘 만난 친구에게 어제 남자와 다툰 이야기를 해주고

물었습니다.

"이래도 내가 화가 안 나게 생겼니?

잘못은 자기가 해놓고 왜 나한테 화를 내는 거니?"

아직도 화를 삭이지 못하는 내게

친구는 빙긋이 웃으며 대꾸합니다.

"혹시 그 남자가 이렇게 이야기하지는 않아? 고민이 생기면

일일이 보고해야 하는 거야?

당신이 생각하는 사랑은 그런 거냐구!"

"맞아. 그러더라. 남자들은 다 그러니?"

친구는 또 빙긋이 웃으며 고개를 끄덕입니다.

아까보다 한결 누그러진 마음으로 어제 남자와

나눈 이야기들을 떠올립니다.

어제, 분명히 어딘가 모르게 이상했습니다.

남자에게 틀림없이 무슨 문제가 있는 것 같아 보였습니다.

그래서 물었습니다.

"제발 이야기 좀 해봐. 왜 이야기를 하지 않아?

대체 난 당신에게 어떤 존재야?"

따져도 봤습니다.

그러면 마지못해 고민을 털어놓을 줄 알았는데
오히려 짜증을 냈습니다.
"그런 것까지 시시콜콜 얘기해주어야 해?
모르고 지나가는 것도 좀 있어라.
그리고 너는 왜 매번 이런 일을 사랑하고 연결지어 생각하니?"
남자는 모른 척해주기를 원했던 것 같습니다.
그래도 섭섭합니다.
고민이 생기면 나누고,
문제가 생기면 같이 머리를 맞대고 상의하면 안 되는 것인지…….
왠지 무시당한 것 같아 화나고, 존재감을 상실한 것 같아
서운합니다.
결국 남자는 어제 끝까지 이야기를 하지 않고 화만 내다
돌아갔습니다.
그래서 오늘은 거리가 참 멀게 느껴집니다. 그 남자.

날씨가 춥습니다. 마음은 더 춥습니다.

어제 여자와 다투고 헤어졌습니다.

'별일도 아닌데 그냥 이야기해주고 말 걸.' 후회됩니다.

하지만 툭하면 '대체 난 당신한테 어떤 존재냐'고

묻는 버릇만은 좀 고쳤으면 좋겠습니다.

사실 여자들의 직감은 놀랍습니다.

특히 이 여자의 직감은 감탄스러울 정도입니다.

아무 말도 하지 않았는데 고민이나 문제가 생겨서

갈등하고 있을 때면

족집게처럼 집어냅니다.

그만큼 내게 관심 있다는 의미일 겁니다.

그런데 여기까지만 했으면…… 할 때가 있습니다.

'무슨 일이냐, 틀림없이 지금 무언가 고민이 있다.

그러니 얼른 털어봐 봐라.'

꼬치꼬치 캐묻지 말았으면 합니다. 이건 거의 취조 수준입니다.

여자의 깊은 관심이 고마워 털어놓고 싶다가도

'그것 봐라. 당신은 날 사랑하지 않는 거다.'

억지를 부리면 털어놓고 싶었던 마음이 싹 달아납니다.

여자들은 왜 고민을 이야기해주면 사랑하는 거고,

이야기해주지 않으면 사랑하지 않는 거라고 생각하는지

모르겠습니다.

모르는 척 넘어가 주면 안 되는 걸까?

그냥 나 혼자 충분히 생각할 시간을 갖게 해주면 안 되는 걸까?

제발 사랑이 구속으로 느껴지는 일이 없으면 좋겠습니다.

어쨌든 또 아무것도 아닌 일로 다퉜습니다.

피곤합니다.

당분간 연락하지 말아야겠습니다.

그러면 또 자기를 사랑하지 않는 게 확실하다며 토라져서는

헤어지자고 할 겁니다.

그러다 내가 진짜 헤어지자고 하면 돌아서 울 사람이.

그럼 더 피곤해질 것 같기도 합니다.

차라리 오늘 만나는 게 나을 성싶습니다.

그래서 그렇게 듣고 싶다는 내 고민을 들려주어야겠습니다.

아! 정말 귀찮습니다.

영국 학자 안드레 브페보는 말했습니다.
연애주식회사에는 안정주가 없다.

연애는 친구를 싫어한다

● 왼쪽으로 가는 여자

오늘은 남자를 열 번째 만난 날.

처음으로 남자에게 실망한 날이기도 합니다.

다툰 것은 아닙니다.

그저 마음이 안 좋은 상태로 헤어졌을 뿐입니다.

'어디서부터 어긋나기 시작했을까?'

집으로 돌아와 편한 옷으로 갈아입고 누워서

남자와 함께 보낸 시간들을 짚어 나갑니다.

한껏 들뜬 기분으로 만나러 나갔고, 함께 영화를 봤고,

우동을 먹으러 갔고,

그곳에서 우연히 친구를 만났습니다.

'맞아. 그때부터야.'

마음이 불편한 이유를 찾았습니다.

남자는 우동집에서 우연히 만난 내 친구에게 유난히 친절했고,

"말씀 많이 들었습니다. 이것도 인연인데 같이 차 한잔하세요."

가겠다는 친구를 붙잡아 기어코 찻집으로 데리고 갔습니다.

인정하기 싫지만 그때부터인 것 같습니다.

마음이 상하기 시작한 게.

열 번째 만난 날,

그것도 시간이 맞지 않아 일주일쯤을 기다렸다가 만난 날,

꽤 오랜만에 만나는 것으로 느껴지는 날.

남자와 단둘이 있었던 시간보다

내 친구와 긴 대화를 나누는 남자를 지켜봐야 했던 시간이

더 길었습니다.

중간에 한 번쯤, 친구가 잠시 자리를 비웠을 때,

"오늘은 훼방꾼이 있네요"라고 한 마디만 해주었어도

마음이 이렇게 날카로워지지는 않았을 겁니다.

그러니까 진짜로 마음이 상한 것은

친구에게 친절한 남자 때문이 아니라,

헤어질 때까지 단 한 번도 단둘이 있지 못하는 것에

조금도 서운해하지 않던 남자 때문입니다.

'모든 여자에게 친절한 남자.'

고민됩니다.

아무래도 이 남자, 다시 생각해보아야 하겠습니다.

한동안 바빴습니다.

열흘 만에 겨우 시간을 만들어 여자를 만나러 갔습니다.

그러나 잔뜩 기대하고 나간 데이트는

우연히 마주친 여자의 친구로 인해

김빠진 맥주 맛처럼 밋밋해지고 말았습니다.

영화를 보고 우동을 먹으러 갔다가 여자의 친구를 만났습니다.

여자가 친구의 이름을 부르는데,

그동안 여자에게서 몇 번 들어본 이름입니다.

그 친구도 여자에게서 내 이야기를 들었는지

쳐다보는 시선이 예사롭지 않았습니다.

문득 이 친구에게 잘 보이지 않으면

여자에게 원망을 살지도 모르겠다는 생각이 스쳤습니다.

솔직히 오늘은 단둘이 지내고 싶었는데.

남의 속도 모르고 "우리랑 차 한잔할까?"

여자가 눈치 없이 친구를 잡았습니다.

다행히 친구는 가보겠다며 거절을 하는데,

눈치를 보니 나 때문인 것 같습니다.

하는 수 없이 내가 나서서 다 함께 차를 마시러 갔습니다.

'사랑하고 싶은 여자의 소중한 친구'는 마음을 긴장시킵니다.

여자와 단둘이 있고 싶은 마음을 미련 없이 버리고,

여자의 친구에게 최선을 다했습니다.

어차피 여자를 집에 데려다 주는 건 내 몫.

단둘이 있고 싶은 마음은 그때 누리면 됩니다.

그러나 여자는 내 마지막 바람마저 무참히 짓밟았습니다.

"우리 둘은 집이 같은 방향이에요.

그러니 오늘은 집까지 바래다주지 않아도 돼요."

터질 듯 부풀었다가 바람 빠진 풍선처럼 쭈글쭈글해진

마음을 끌어안고 돌아서야 했습니다.

참 눈치 없는 여자입니다. 아니면 나와 단둘이 있는 게 싫든가.

서양에 이런 격언이 있습니다.

연애와 권력은 친구를 싫어한다.

너무 다른 여자와 남자

● 왼쪽으로 가는 여자

남자를 사랑합니다.

만난 지 3년. 여전히 남자의 존재가 소중합니다.

그래서 남자가 공부를 계속하고 싶다고 말했을 때

주저 없이 기다려 주겠다고 했습니다.

공부를 마치고 이번에는 자격증을 따겠다고 했을 때도

그러라고 했습니다.

남자가 하고 싶은 일을 하는 동안 나는 직장에 다니고,

그래서 남자에게 경제적으로 조금이나마 도움 줄 수 있다는

현실을 오히려 행복하게 받아들였습니다.

이것이 남자에 대한 내 마음입니다.

남자에게 원하는 것은 딱 하나밖에 없습니다.

속상한 일이 있을 때 속상한 이야기를 들어주고,

힘들 때 곁에만 있어 주면 됩니다.

내가 '회사 다니기 너무 싫다'고 하면,

옆에서 조용히 기울여 주면 됩니다.

남자친구에게 값비싼 선물을 받은 친구 이야기를 하며

부럽다고 하면, '나도 열심히 공부해서 너에게

그런 선물을 할 수 있는 사람이 되고 싶다.'

이렇게 말해 주면 됩니다.

그러나 '회사 다니기 싫다는 이야기를 왜 내게 하는 거지?'

'내게는 값비싼 선물을 해줄 능력이 없다는 걸 알면서

왜 그런 얘길 하는 거지?'

남자는 이렇게 말합니다.

남자의 눈빛이 더 그렇습니다.

남자에게 더는 내 이 속상한 마음을, 슬픈 마음을,

답답한 처지를 말하고 싶지 않습니다.

그럴 때마다 남자가 아닌 친한 친구를 찾게 됩니다.

그러면서도 '앞에 있는 사람이 친구가 아닌 남자라면

얼마나 좋을까' 생각합니다.

그때마다 한없이 쓸쓸합니다.

말만 잘 해주면 되는데, 내 남자는 그것도 하기 싫다고 합니다.

여자를 사랑합니다.

사랑이 아니라면 공부를 마칠 때까지 기다려 달라고
하지 않았습니다.

나로서는 결코 하기 쉽지 않은 말이었습니다.

나는 여자를 사랑하고 있고, 놓치고 싶지 않습니다.

다행히 여자는 흔쾌히 고개를 끄덕였습니다.

나는 세상을 다 얻은 듯 행복했습니다.

'이제 열심히 공부만 하면 된다!'

나보다 여자를 위해 더 열심히 공부했습니다.

공부를 하다 지치고, 회의가 들고 막막할 때마다
'고마운 여자'의 얼굴을 떠올리며 힘을 냈습니다.

그런데 아무래도 여자가 지친 것 같습니다.

요즘 들어 부쩍 회사가 다니기 싫다고 말합니다.

자꾸만 친구들의 남자친구들과 자신을 비교하며 이야기합니다.

그럴 때마다 자신이 없어집니다.

'이 여자, 혹시 기다리겠다고 한 말을 거두고 싶은 것은 아닐까?'

'어쩌면 그사이 나에 대한 사랑이 식은 것은 아닐까?'

초조하고 불안합니다.

나는 여자에게서 듣고 싶습니다.

'당신에 대한 나의 사랑은 조금도 변하지 않았어요.'

'난 여전히 당신을 믿어요.'

여자에게 물어보고 싶습니다.

그런 얘기를 왜 내게 하느냐고.

왜 자꾸 친구의 남자친구와 날 비교하느냐고.

하지만 오늘도 꾹 참습니다.

괜히 참지 못하고 물었다가

'이제 그만 당신 곁을 떠나고 싶어서요'라는 대답을 듣게 되거나

'이제 당신을 기다리는 일에 지쳤어요'라고 기다렸다는 듯이

이별을 이야기할까 봐 겁이 나기 때문입니다.

지금 내가 열심히 최선을 다해 사는 이유 중 제일 큰 이유가

바로 이 여자인데

이 여자, 내 마음을 몰라도 너무 모릅니다.

존 그레이가 말했습니다.

남자는 자신의 노고를 인정받고 싶어 하고,

여자는 자신의 이야기를 잘 들어주길 원한다.

남자와 여자는 이 사실을 이해하고

그 차이점을 인정해야 한다.

그래야만 서로를 충분히 만족시킬 수

있는 관계를 형성하는 데 필요한 지혜와 힘을 얻게 될 것이다.

대대로 내려오는 착각

● 왼쪽으로 가는 여자

옷가게 안으로 들어갔습니다.

종업원이 대뜸 선물할 거냐고 묻습니다.

남자 옷만 파는 매장입니다. 눈치 둔한 종업원도

내가 왜 들어왔는지 알 겁니다.

마침, 남자에게 입히고 싶은 스타일의 옷이 있습니다.

덕분에 옷을 고르는 데 그리 오랜 시간이 걸리지 않았습니다.

포장도 신경 썼습니다.

하지만 조금은 염려됩니다.

지금 내가 산 옷은 평소 남자가 즐겨 입는 스타일의 옷이 아닙니다.

단지 내가 사귀는 남자가 이런 스타일의 옷을

자연스럽게 소화해내는 사람이면 좋겠다는 마음으로 산 옷입니다.

나를 사랑한다면 그 정도 바람쯤은 어렵지 않게 들어줄 겁니다.

얼마 전, 친구들에게 남자를 소개해 주었습니다.

다음 날 친구들이 이구동성으로 한 마디씩 했습니다.

"다 좋은데, 그 남자 옷 입는 스타일이 맘에 들지 않더라."

나도 친구들과 같은 생각입니다.

언젠가 한번 슬쩍 물어본 적이 있었는데,

남자는 아직도 어머니가 사다 주는 옷을 입는다고 했습니다.

그러니 내가 사다 준 옷도 거부감 없이 입을지 모릅니다.

하지만 남자는 옷을 보자마자 대뜸,

'내가 이런 옷을 어떻게 입어?' 눈살을 찌푸립니다.

고등학교 다닐 때 어머니가 사다 준 옷을 보고

나 역시 똑같은 말을 한 적이 있습니다.

그래서 남자의 마음을 아주 이해 못하는 것도 아닙니다.

하지만 화가 납니다. 그때 어머니가 한 것처럼

나도 똑같이 해주고 싶습니다.

'입기 싫으면 말아. 사다 준 공도 몰라주고 그렇게 말하니?'

아무리 봐도 지금 입고 있는 옷보다는 내가 사준 옷이

훨씬 좋아 보입니다.

그래서 속마음 그대로 거르지 않고 보여주는 것으로

복수했습니다.

"지금 입고 있는 옷보다는 이 옷이 훨씬 낫지 않아요?"

여자에게 선물을 받았습니다.

지금까지 한 번도 입어 보지 않은 스타일의 옷입니다.

언젠가 "당신이 직접 옷을 사 입나요?"라고 물어온 적이 있습니다.

그때 여자가 왜 그렇게 물었는지,

지금 왜 내게 옷을 선물했는지를 압니다.

여자는 나처럼 입고 다니는 것을 싫어합니다. 느낌으로 압니다.

선물을 받았는데 기분이 울적합니다.

나는 내 지금의 모습, 처지를 그냥 그대로 인정받고 싶습니다.

내가 그 여자를 좋아한다고 해서,

내가 그 여자가 좋아하는 타입의 사람으로 바뀌기는 싫습니다.

어머니가 사다 주시는 옷이 전부 다 마음에 드는 건 아닙니다.

그래도 어머니가 아들을 생각하며 사다 주시는 옷이기 때문에

마음에 들지 않아도 기쁜 마음으로 입습니다.

그런데 여자는 이런 나도, 내 어머니도 무시했습니다.

차라리 어머니가 사다 주시는 다소 유행에 뒤진 옷을 선물했다면

비록 옷 자체는 마음에 들지 않아도

'나를 참 많이 관찰했구나.' 마음이 흡족했을 겁니다.

살짝 기분이 상합니다.

그 바람에 나도 모르게 '이걸 내가 어떻게 입느냐'고

툴툴거리고 말았습니다.

여자의 속마음과 내 속마음이 대립합니다.

여자가 속마음을 보이니 나 또한 속마음을 보이고 맙니다.

여자의 표정이 싸늘합니다. 마음이 상한 게 보입니다.

그제야 자기가 좋아하는 스타일의 옷을 입히고 싶었던
여자의 심정이 헤아려집니다.
내가 속 좁은 놈입니다.
내가 지나쳤다고, 미안하다고 마음을 숙였으나
이미 마음이 상할 대로 상해 버린 여자는
자리를 박차고 일어나더니 바람처럼 사라집니다.
'무슨 옷을 입는지가 왜 이다지도 중요한 건지…….'
한숨 쉬다 말고 서둘러 여자를 쫓습니다.
뒤탈이 두렵습니다.

에리히 프롬이 말했습니다.
자신의 사랑으로 상대방을 이상적인
애인으로 변화시킬 수 있다고
믿는 것은 고대부터 지금까지
연인들이 생각해왔던,
대대로 내려오는 착각일 뿐이다.

남자는 움직이고,
여자는 느낀다

● 왼쪽으로 가는 여자

오늘은 남자의 친구들을 만나기로 한 날입니다.

먼저 남자를 만나 약속 장소로 갔습니다.

남자는 만나자마자 나를 위아래로 쭉 훑어봅니다.

은근히 기분이 상했습니다.

"좋았어!" 분명 칭찬이었지만 이 또한 듣기 거북했습니다.

둔한 남자는 내 기분이 상했다는 것도 모릅니다.

친구는 모두 여섯 명, 그중에서 네 명이 여자친구와 함께 왔습니다.

솔로인 두 남자가 분위기를 띄우려고 애씁니다.

그게 지나쳐 그만 실수를 하고 말았습니다.

"이 친구가 여자들에게 제일 인기 많습니다. 단속 잘하세요."

나는 직감적으로 알아차렸습니다.

전에 이 남자가 다른 여자친구를 데리고 나온 적이 있었다는 것을.

그리고 또 그런 일이 자주 있었다는 것을.

이 밖에도 살얼음판을 걷는 듯 조마조마한 순간들이

여러 번 있었습니다.

그다지 유쾌하지 않은 자리였습니다.

속도 체하고 마음도 체했습니다.

그런데도 여전히 눈치 없는 남자는 헤어지기 싫다며

차 한 잔 더 마시고 가자고 합니다.

"피곤해요." 이 말의 의미는 곧 거절입니다.

속마음을 이런 식으로라도 드러내며 시위를 합니다.

그럴 때 나 같으면 '왜? 무슨 기분 나쁜 일이라도 있어?'

이렇게 물어볼 겁니다.

그러면 오늘 내가 기분이 왜 상했는지에 대해

조곤조곤 말해줄 속셈이었습니다.

그러나 정말 눈치 없고 둔한 남자는 말했습니다.

"그래? 그럼 집에 일찍 가서 푹 쉬어."

오늘은 친구들에게 여자친구를 소개시켜 주는 날입니다.

약속 장소로 가기 전에 여자를 만나서 같이 가기로 했습니다.

오늘따라 유난히 옷차림에 신경 쓴 것 같습니다.

근사합니다. 그 마음 씀씀이에 가슴이 다 뿌듯합니다.

그만큼 여자에게 내 존재가 소중하다는 뜻 아닐까 싶어

어깨가 절로 쫙 펴집니다.

모두 여섯 명의 친구들이 모였습니다.

그중 넷은 여자 친구가 있습니다.

자연스럽게 여자 친구 없이 솔로로 나온 친구들이

분위기를 만들어 갔습니다.

짬짬이 내 여자 친구가 되어 준 그녀에게 고마웠습니다.

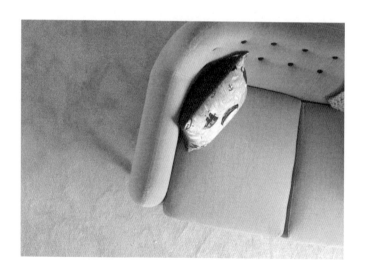

사실 그동안 늘 혼자였습니다. 친구들에게 소개시켜 줄 만큼
사귀어 본 여성이 없었습니다.

그래서일까. 친구 녀석이 여자들에게 인기가 많다고
너스레를 떱니다.

거기다 다들 은근히 내 여자친구가 마음에 드는 눈치입니다.

또 한 번 어깨가 쫙 펴집니다.

얼른 헤어져 여자와 단둘이 있고 싶습니다.

다행히 여자 친구들과 함께 만난 자리여서 일찍 헤어졌습니다.

솔로인 두 친구는 자기들끼리 외로운 뒤풀이를 해야겠다며
어깨동무를 하고 갔고,

나머지 친구들은 각각 여자 친구를 데려다 준다고 갔습니다.

여자와 단둘이 오붓하게 차 한 잔 마시고 헤어지고 싶었는데
피곤하다고 합니다.

나름대로 긴장했던 것 같습니다.

나는 피곤한 여자를 위해 비상금을 털어
큰 소리로 택시를 불렀습니다.

그래도 전혀 아깝지 않습니다.

오늘따라 여자 친구가 너무 자랑스럽습니다.

마음이 벅찰 정도로.

크리스티나 로세티는 말했습니다.
남자는 움직이고, 생각한다.
그러나 여자는 느낀다.

남자와 여자의
피할 수 없는 차이

● 왼쪽으로 가는 여자

"네 애인, 오늘 결근했어. 알고 있지?"

"그게 무슨 말이야?"

"니들 사귀는 거 맞니?"

친구와 남자는 같은 직장에 다닙니다.

남자에게 안 좋은 일이 생겼고, 그 일로 결근까지 했다는

친구의 말을 들었습니다.

전화를 끊는데 속에서 천불이 나기 시작합니다.

남자에게 안 좋은 일이 생겨서? 아니, 그 때문만은 아닙니다.

이런 이야기를 친구를 통해 듣게 한 것 때문에 화가 납니다.

그러고 보니 일주일 전부터 그가 조금 이상하기는 했습니다.

많이 피곤해 보여서 무슨 안 좋은 일이 있냐고 물으면,

'아니라는데 귀찮게 왜 자꾸 물어보냐?'고 짜증을 부렸습니다.

말도 못 붙이게 하더니 이젠 말없이 사라졌습니다.

철저히 무시당한 느낌.

'그냥 모른 척할까?'

고민하다가 마음이 가는 대로 합니다.

남자에게 전화를 했습니다. 받지 않습니다. 또 무시당한 느낌.

차라리 휴대전화가 꺼져 있는 게 나을 것 같습니다.

그럼 적어도 무시당한 느낌은 들지 않을 겁니다.

'내 전화인 줄 알았을 텐데…….'

나에 대한 모욕입니다.

남자에게 나는 과연 어떤 존재일까 싶은 마음이 들면서

약이 오릅니다.

휴대전화를 내동댕이치고 싶은 마음을 간신히 누르며

남자에게 문자 메시지를 보냅니다.

'전화 좀 받아요. 우리 얘기 좀 해요. 대체 무슨 일이에요?

전화도 안 받을 거면 차라리 헤어져요.'

여자가 독기 어린 문자 메시지를 보냈습니다.

'어떻게 알았을까? 회사에 전화라도 걸어본 걸까?'

여자의 친구가 나와 같은 회사에 다니고 있다는 사실을

뒤늦게 떠올립니다.

나는 휴대전화를 바라보다가 고개를 돌립니다.

지금은 누구와도 말하고 싶지 않습니다.

그녀가 마음에 걸리기는 합니다.

'왜 내게는 아무 말도 하지 않는 거야? 나란 사람은

당신에게 어떤 존재야?

도대체 왜 이런 얘길 친구를 통해서 듣게 하는 거야?'

화가 나서 앞뒤 가리지 않고 따지는 여자의 모습이 그려집니다.

사실 여자의 말은 구구절절 다 옳습니다.

단지, 여자가 이렇게 생각해 주었으면 싶습니다.

'나를 무시해서가 아니라 그냥 말하고 싶지 않을 뿐이다.

그는 이런 남자다.

고민이 있어도 쉽게 털어놓지 못하고,

또 쉽게 털어 버리지도 못한다.

이럴 땐 한동안 자기 하고 싶은 대로 가만히 내버려 두면 된다.

차라리 모른 척해주는 게 남자를 도와주는 길이다.'

차라리 휴대전화를 꺼놓을 것을…… 후회됩니다.

늦었지만 휴대전화를 끕니다.

존 그레이가 말했습니다.
남자는 해결책을,
여자는 공감을 원한다.

오늘은 온종일 아무 생각도 하고 싶지 않습니다.

혼자 묻고, 혼자 답하면서 그저 이렇게 혼자 있고 싶습니다.

내게는 이 방법이 어지러운 마음을 정리하는 최선입니다.

이것이 내 오래된 습관입니다.

야수

친구와 단둘이 빈 강의실에 있습니다.

아까부터 무언가 할 말 있어 보이던 친구가

실은 연애 중이라고 수줍게 고백합니다.

'어쩜! 나도 그런데.'

말하고 싶은 것을 꾹 참습니다.

지금 내 남자에게는 얼마 전에 헤어진 여자친구가 있습니다.

많은 친구들이 그 두 사람의 관계를 아주 잘 알고 있습니다.

그래서 우리는 둘의 만남을 당분간 비밀에 부치기로 했습니다.

남자는 왜 그래야만 하느냐고 못마땅해했지만

나는 그럴 필요가 있다고 못 박았습니다.

'내게도 마음 설레게 하는 남자가 있다'고

자랑하고 싶은 마음을 숨기고 있는데

하필 그때, 남자가 강의실 복도를 지나가다가

나를 보고는 냉큼 강의실로 들어왔습니다.

둘의 만남을 비밀에 부치기로 하자고 말했을 때는

싫다고 하던 남자가

친구 앞에서는 너무나 천연덕스럽게 마음을 잘도 숨깁니다.

심지어 여자친구 좀 소개해 달라는 너스레까지 떱니다.

어이가 없습니다.

'이렇게 속일 것까지는……'

갑자기 비위가 상합니다.

남자가 보내는 애틋한 눈길마저 거짓이 아닐까, 의심이 갑니다.

잠시 후, 강의실을 먼저 나선 남자가 문자 메시지를 보냈습니다.

'오늘 수업 몇 시에 끝나지?'

자기가 어떤 실수를 했는지, 어떤 잘못을 했는지

도통 모르는 눈치입니다.

남자를 철저히 무시하는 것, 이것이 나의 답장입니다.

나는 휴대전화를 가방 깊숙이 넣으며 친구에게 묻습니다.

"나 소개해 줄 괜찮은 남자 하나 없니?"

열려 있는 빈 강의실 문틈으로 두 여자가 보입니다.

틀림없는 그 여자입니다.

요즘 나를 살맞나게 해주는 여자.

"우리 만나는 거 당분간 비밀로 하기로 해요."

여자는 신신당부했지만 그대로 지나칠 수가 없습니다.

보고 싶고, 또 보고 싶은 여자를 지척에 두고 가는 것은

감정을 배신하는 일입니다.

'들키지만 않으면 되지.' 여자의 당부를 가슴 깊이 새기며

빈 강의실로 들어섰습니다.

여자는 생각했던 것보다 더 심하게 당황했습니다.

마음이 꽈배기처럼 뒤틀리기 시작했습니다.

사실 나는 두 사람의 만남을 당분간 비밀에 부치기로 하자는

여자의 뜻을 따르고 싶지 않습니다.

아리스토파네스가 말했습니다.
여자를 정복한다는 것은
흉포한 야수를 다루기보다
훨씬 어렵다.

그럼에도 불구하고 여자의 뜻을 따르기로 했던 것은

그것이 남자인 나에 대한 배려라고 생각했기 때문입니다.

그런데 문득 이 모든 게 나에 대한 배려가 아니라는 생각이 듭니다.

여자는 나를 필요 이상으로 외면했습니다.

나쁜생각인줄 알지만,' 혹시 또다른 남자를

만나고 있는 것은 아닐까?' 하는 생각도 듭니다.

하지만 내가 좋아하는 사람을 의심하는 것은

곧 나를 믿지 못하는 것과 같습니다.

무엇보다 여자를 잃기 싫습니다.

구름 사이로 해가 보입니다.

그동안 여자가 보여준 마음들이 하나 둘씩 기억나기 시작합니다.

마음을 추스르고 여자에게 문자 메시지를 보냈습니다.

친구와 수다를 떠느라 정신이 없는지 아직 답장이 오지 않습니다.

04

왼쪽으로 가는 여자

free 사랑하는데 왜 불행하지?

너이기 때문에 너를 사랑한다

● 왼쪽으로 가는 여자

마음을 가다듬고 전화를 합니다.

짐작대로 연결이 되지 않습니다. 전화를 받지 않습니다.

어제, 늦은 밤에 전화를 걸어 자기가 있는 곳으로 나오라고 한

남자의 부탁을 나는 매몰차게 거절했습니다.

보고 싶어서 집 앞까지 단숨에 달려왔다면,

기쁘게 나가 주었을 겁니다.

하지만 남자는 친구들과 같이 있었고 목소리에선

술기운이 감돌았습니다. '빨리 나오라고 해!'

고함치는 친구들의 음성까지 들렸습니다.

미루어 짐작하건대,

여자친구가 생겼다고 하니까 친구들이

빨리 나오라고 한 것 같았고,

남자는 친구들 앞에서 호기를 부리며 전화를 건 것 같았습니다.

그래서 싫었습니다.

친구들에게 나를 소개하고 싶다면 따로 날을 잡았어야 합니다.

아니면 '밤늦은 시각이라 미안하지만 친구들이 보고 싶어 하니

나와 줄 수 없겠느냐'고 솔직하게, 그리고 양해를 구하며
이야기를 했어야 합니다.
좋아하는 마음과 달리 불쾌한 마음이 들었습니다.
남자에게는 친구가 너무 많습니다.
게다가 그 남자는 왜 그렇게 매사에 즉흥적이고
기분에 취해 지내는 날이 더 많은지,
왜 항상 이성보다 감정이 더 앞서는지 모르겠습니다.
확대 해석까지 더해져 어제 내 심정은 무척 사나웠습니다.
사나워진 심정은 차분한 설명을 할 수 없게 했고,
다정하게 굴 수 없도록 했습니다.
'나 안 나가요. 기다리지 말아요. 내가 아무 때나 부르면
달려나가는 사람인 줄 알아요?'
소름 끼치도록 차갑게 말하고 전화를 끊었습니다.
그렇다고 친구들에게 좋아하는 여자를 보여주고 싶었던
남자의 마음을 모르는 것은 아닙니다.

이른 아침, 휴대전화가 울립니다. 누군지 압니다.

그래서 받지 않습니다.

어제, 여자가 왜 그토록 매몰차게 부탁을 거절했는지도

알고 있습니다.

여자는 이틀 후에 만나기로 했으면

이틀 후에 만나야 하는 사람입니다.

약속은 없었어도 갑자기 보고 싶은 마음 들어 만나자고 하면,

'내일 만나기로 했잖아요.' 예외 없이 거절합니다.

그런 여자인 줄 알면서도 어젯밤 전화를 한 것은,

어렵게 연락이 닿아 오랜만에 만난 친구 때문입니다.

내게 여자친구가 있다는 것을 알고 녀석이 자꾸 졸랐습니다.

술기운 때문인지 나중에는 막무가내로 졸랐습니다.

다른 친구 녀석들까지 합세해

'이번 기회에 너에 대한 여자의 사랑을 측정해 보아야 하겠다.'

말도 안 되는 떼를 쓰며 몰아붙였습니다.

그래서 하는 수 없이 전화를 했습니다.

'밤늦은 시간에는 절대 외출하지 않는다. 계획에 없던 만남은

거절해도 실례가 아니다.'

비록 여자의 고정관념이 이렇다곤 해도

적어도 한 번 정도는 망설이는 기색이라도 보여주었어야 합니다.

그게 나에 대한 예의입니다.

내가 서운한 건 여자가 나와 주지 않아서가 아니라,
거절하기까지 단 1초도 걸리지 않았다는 점입니다.
물론, 밤새 그 일이 마음에 걸려
잠을 이루지 못했을 거라는 것도 압니다.
하지만 지금은 여자의 전화를 받고 싶지 않습니다.

로맹 롤랑이 말했습니다.
나는 너를 받아들인다.
있는 그대로의 너를 받아들인다.
너의 결함, 너의 심술,
너의 삶의 법칙을 받아들인다.
너는 너다.
너이기 때문에 나는 너를 사랑한다.

내겐 당신밖에 없습니다

"아무 걱정 하지 마, 내가 있잖아." 이 한 마디면 될 것 같습니다.

그런데 남자는 말없이 무심한 얼굴로 앉아만 있습니다.

'해결해 줄 수 있어요?' 부탁하고 싶은 생각도 없습니다.

다만 사랑하는 사람이니까, 내 고민을 들어주고

내 어려움이 무엇인지 알아주면 됩니다.

다른 사람에겐 쉽게 할 수 없는 이야기입니다.

하지만 내 남자이기 때문에 할 수 있습니다.

적어도 나를 사랑하는 사람이라면,

'무조건 네가 옳아' 하면서 편들어 주어야 하는 게 아닌지.

예전에는 앞뒤 가리지 않고 편을 들어주더니

이젠 앞뒤 가리지 않고 무심합니다'. 사랑이 식은 걸까?'

나의 의심에 가속도가 붙습니다.

언제까지나 나를 사랑해 줄 사람이라는 믿음이 흔들립니다.

그러고 보니 예전처럼 간절하지도 않은 것 같습니다.

그렇다면!

우리는 만날 이유가 없습니다.

나는 적어도 사랑을 구걸하고 싶지는 않습니다.

"우리 이제 그만 만나는 게 좋겠어요."

가속도가 붙은 의심은 결국 과속을 하고 맙니다.

속도 위반으로 딱지까지 떼었습니다. 이별의 딱지를.

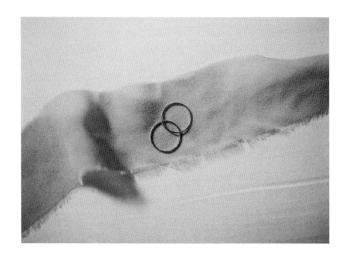

"우리 이제 그만 만나는 게 좋겠어요."

여자는 얼음장처럼 차가운 얼굴로 말했습니다.

이번에는 진심이 느껴집니다.

여자에게서 처음으로 헤어지자는 말을 들었을 때는

사랑을 확인하고 싶은 거라고 생각하며

무시했습니다.

그러나 같은 말을 되풀이해서 들으니 흔들립니다.

사실 '당신은 정말 멋진 남자예요' 같은 칭찬 한 번

들은 적이 없습니다.

나는 그동안 여자에게 잘 보이려고 나름대로

노력도 많이 했습니다.

커다란 꽃바구니를 보내기도 하고,

영화가 보고 싶다고 하면 그 즉시 예매해서 초대했습니다.

생텍쥐페리가 말했습니다.
여자에게 아름답다고 말하지 마라.
대신 당신과 같은 여자는
지금껏 본 적이 없다고 말하라.
그러면 만사가 쉽게 풀린다.

값비싼 선물은 해주지 못해도,
마음으로 해줄 수 있는 선물은 다 해주려고 애썼습니다.
그런데도 '당신, 나를 정말 좋아하는구나' 마음을 알아주지 않고,
어쩌다 실수하면 '사랑이 식은 거야' 하며 몰아붙입니다.
의심은 사랑하는 마음을 지치게 합니다.
여자는 오늘도 위반 딱지를 뗐습니다. 그것도 이별의 딱지를.
'그래, 내가 다 못나서 그런 거지. 내가 못난 남자라구.'
그래도 한번 확인해 보고 싶습니다.
'내게는 당신밖에 없는데. 그래서 당신 없이는
많이 힘들 것 같은데
당신은 나 없이도 잘 살 수 있나 보다. 자신 있나 보다.'

우리가
서로 사랑하기 전에는……

● 왼쪽으로 가는 여자

"지난 사랑에 무슨 힘이 있겠어.
지금 그 남자가 사랑하는 사람은 바로 너라구!"
언젠가 가까운 친구에게 해주었던 말입니다.
사귀고 있는 남자친구의 옛사랑 때문에 힘들어 하던 친구에게
나는 그렇게 당당한 목소리로 말해 주었습니다.
지금 나는…… 그 말을 다시 거두고 싶습니다.
아니, 그 친구에게 사과하고 싶은 심정입니다.
그때 친구는 "그 말이 하나도 위로되지 않는다"고 했고,
나는 그런 친구에게 "네가 진정 그 남자를 사랑한다면
그 남자의 과거까지 다 끌어안고
사랑해야 하는 거 아니니?" 하면서 버럭 화를 냈습니다.
그런데 그 모든 말들을 지우고 싶습니다.
그 남자 때문입니다.
그 후로 내게도 사랑이 찾아왔습니다.
사랑을 시작하자 궁금한 게 많아졌습니다.
남자들은 첫사랑을 잊지 못한다는데 이 남자도 그럴까?
1초에 한 번씩 궁금합니다.
한때 몹시 사랑한 여자가 있었다고 말한 적이 있습니다.
궁금하다 못해 고통스럽습니다.

'누굴까? 어느 정도로 사랑했을까?'

만약 지금 누군가가 내게

'진정 그 남자를 사랑한다면 그 남자의 과거까지도

사랑할 수 있어야 하는 거야!'라고

충고한다면 상처받을 것 같습니다.

이래서 친구도 그렇게 고통스러워했나 봅니다.

친구는 내 이런 어설픈 충고를

어떻게 그토록 무덤덤하게 받아들였는지.

남자를 만날 때면 세 사람이 함께 만나는 것

같은 느낌이 듭니다.

남자가 근사한 찻집을 데리고 가면,

'혹시 그 여자와 자주 다니던 찻집은 아닐까?'

신경이 쓰이고, 남자가 특정한 장소에 가기를 꺼려하면,

'혹시 그 여자와의 안 좋은 추억이 있어서는 아닐까?'

기분이 상합니다.

정말 부질없고 쓸데없는 생각들이라는 것을 압니다.

그래서 생각하지 않으려고 노력합니다.

하지만 남자를 보면 자꾸 그 남자의

지난 사랑이 보입니다.

어젯밤, 헤어지면서 여자가 했던 말이 시간이 흐를수록

점점 더 또렷해집니다.

'나를 만나기 전까지 아무도 만나지 말지.'

처음 듣는 이야기는 아닙니다.

그동안 종종 비슷한 말을 들었습니다.

가령, 어떤 영화를 본 적이 있었냐고 물어서 고개를 끄덕이면,

'누구랑 봤는데요?' 물었습니다.

친구가 알려준 분위기 좋은 카페에 데리고 갔을 때도

의자에 앉자마자

'여기는 어떻게 알았어요?' 물었습니다.

그때마다 참 궁금한 게 많은 사람이라고만 여겼습니다.

그런데 어젯밤에는 조금 달랐습니다.

'나를 만나기 전까지 아무도 만나지 말지.'

긴 여운을 남기는 말에서 야속함이 묻어나왔습니다.

유난히 궁금한 게 많았던 여자의 속마음을

이제야 제대로 알 것 같습니다.

서른 살에 이 여자를 만나게 될 줄 미리 알았더라면

아마 여자의 말대로 아무도 만나지 않고 기다렸을지 모릅니다.

이런 내 마음을 솔직하게 이야기한들 뭐가 달라질까.
진정을 주어도 그 사람이 받지 않으면 아무 의미가 없습니다.
그래도 여자는 여전히 또 내 지난 사랑을 궁금해하고,
그 때문에 마음 아파하고,
그 때문에 나를 야속한 눈으로 바라볼 겁니다.
가슴이 아픕니다.
창밖을 바라보다가 휴대전화를 엽니다.
그리고 마음을 다해 메시지를 보냅니다.
'지금 난 널 생각하고 있어.'

존던이 말했습니다.
우리가 사랑할 때까지
당신과 나는 무엇을 하고 있었을까……
정말 궁금합니다.

참고 견디는 연습

● 왼쪽으로 가는 여자

"어째서 난 당신에게 늘 두 번째이거나 세 번째여야 하죠?"

참고 참았던 말이 나오고야 말았습니다.

그동안 애써 참았던 만큼, 나의 두 눈에는

눈물로 변한 서운함이 그렁그렁 맺힙니다.

남자의 얼굴이 눈물 속에 잠깁니다.

그래서 형체는 또렷하지 않지만 나는 알 수 있습니다.

느닷없는 나의 말에 그가 몹시 당황하고 있다는 것을.

당연한 반응입니다.

지금까지 남자를 만나면서 가장 열심히 해주었던 것은

'참아 주는 일'이었습니다.

하지만 남자는 내가 얼마나 많이 참아 주었는지 알지 못합니다.

그러니 '이제 더는 못 참겠어요'라고 화를 내는

이 상황에 놀라는 게 당연합니다.

언제나 자기 일이 먼저인 사람, 자기가 우선인 사람.

'일을 사랑하니까 그러는 거겠지. 자기 자신을 사랑하니까

그러는 거겠지……'

늘 이해하려고 했습니다.

그러나 시간이 흐를수록 섭섭한 마음만 쌓였습니다.

혼자 상처받고, 혼자 아파하고, 혼자 방황하고……

나는 아픈데, 죽을 것처럼 아픈데

남자는 내가 아파한다는 것조차 모릅니다.

"내가 그런 사람인 줄 몰랐어? 갑자기 왜 그래?"

세상에! 남자는 자기가 더 서운해합니다.

이 남자를 어떻게 하면 좋을까요?

방법이 없습니다.

이 남자를 사랑하려면 내가 그에게 두 번째,

세 번째밖에 되지 않아도 만족해야 합니다.

그 길밖에는 없습니다.

아니면 이제 그만 그 사람과 헤어지든가.

일을 하다가 문득 여자가 생각날 때면 이 말이 떠오릅니다.

'고맙다.'

연애를 할 때마다 여자들에게 늘 듣는 말이 있습니다.

"당신은 언제나 당신 자신이, 당신의 일이 우선이지요?"라는 말.

처음 몇 번은 무시했습니다. 내가 그런 사람인가 보다 했습니다.

하지만 비슷한 말을 되풀이해서 듣다 보니

비로소 심각한 문제일는지도 모른다는 생각이 들었습니다.

그래서 나 자신보다, 내 일보다 여자를 더 먼저 생각하려고

노력합니다.

하지만 '노력'은 '타고난 천성'에 번번이 밀립니다.

고맙게도 지금 만나고 있는 여자는 다릅니다.

일 때문에 약속이 밀리고, 취소되어도 이해해 줍니다.

말없이 혼자 여행을 다녀와도 따져 묻지 않습니다.

드디어 나를 온전히 이해해 주는 사람을 만난 거라고 믿었습니다.

하지만 그 생각이 방심이었음을…… 오늘에야 깨닫습니다.

믿었던 여자가 눈물이 가득 맺힌 눈으로 바라보며

나를 원망했습니다.

"당신은 언제나 당신 자신이,

당신의 일이 우선이지요?"

무방비 상태로 있다가
철퇴를 맞았습니다.
"내가 그런 사람인 줄 몰랐어?
갑자기 왜 그래?"
미안한 마음과 달리 엉뚱한 말이
튀어나왔습니다.
"부족하지만……
이런 날 좀 더 이해해 주고
받아 주면 안 될까?"
이렇게 말했어야 했는데,
마음과는 전혀 다른 말이 나오고
말았습니다.
그래서 나는 지금 너무 미안합니다.

프리드리히 빌헬름 니체가 말했습니다.
필연적인 것은 단지
참고 견디는 것이 아니라,
더구나 그것을 감싸주는 것이 아니라,
사랑하는 것이다.

마음 살피기

● 왼쪽으로 가는 여자

휴대전화가 울립니다. 그 남자입니다.

'받을까 말까?' 망설이다가 받지 않기로 합니다.

"누구 전화인데 안 받아?" 옆자리 동료가 묻습니다.

그런데 그 말이 꼭 이렇게 들립니다.

'너희 두 사람, 벌써 권태기구나?'

하던 일에서 손을 떼고 잠시 생각합니다.

정말 그런지도 모르겠습니다.

남자의 전화를 30분 간격으로 확인해 보던 시절이 있었습니다.

아니, 불과 얼마 전까지만 해도 남자의 전화는

내 마음의 북채와 같았습니다.

휴대전화에 남자의 이름이 뜨면

벨이 몇 번 울릴 때 받을까? 받으면 무얼 하고 있다고 말할까?

만나자고 하면 어떻게 할까?

벨이 울리는 그 짧은 시간에 참 많은 생각을 했습니다.

하지만 조금 전, 나는 남자의 전화를 받지 않았습니다.

이것은 대체 어떤 마음일까요?

내 마음을 온전히 들여다보고 싶습니다.

그리 오랜 사이도 아닌데 벌써 이렇게 무덤덤해지다니.

"우리 한 달만 떨어져 지내봐요"라고 말해야겠습니다.

이쯤에서 한 번쯤 쉼표를 찍고, 정리해 보는 것도

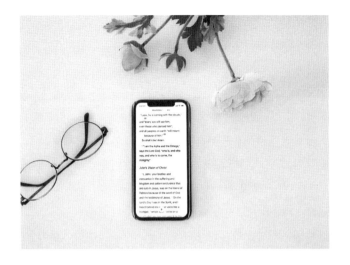

나쁘지 않을 것 같습니다.

혹시라도 헤어지자는 말로 알아들으면 어쩌나,

염려되기도 하지만 그래도 말하겠습니다.

일상처럼 만나고, 습관처럼 사랑하기는 싫습니다.

떨어져 있다 보면 남자의 존재가 보다 선명해질지도 모릅니다.

헤어져 지내 보자는 나의 말에 남자가 망설임 없이

고개를 끄덕인다면,

그런 말을 건넸던 것을 후회할 수도 있을 겁니다.

하지만 말해야겠습니다.

사랑한다면…… 진심을 다해,

온 마음으로 사랑하고 싶어서입니다.

여자에게 전화를 겁니다.

무얼 하고 있는지 전화를 받지 않습니다.

한 번 더 걸어본 뒤 전화기를 내려놓습니다.

특별한 용건이 있는 것은 아닙니다.

요즘 들어 부쩍 전화를 받지 않는 횟수가 잦아졌습니다.

받지 않으니까 점점 더 자주 전화를 하게 됩니다.

한 1년 반? 그리 오랜 세월을 만난 것은 아닙니다.

그러나 마음을 주고받은 사이라고 확신합니다.

한두 번쯤 전화를 받지 않아도, 문자 메시지에 대한 답이 늦어도,

마음이 쓰이지는 않을 만큼 믿음이 있습니다.

그런데 지금은 예감이 조금 이상합니다.

휴대전화에 뜨는 내 이름을 물끄러미 바라보다가

하던 일로 다시 고개를 돌리는 여자의 모습이 그려집니다, 자꾸만.

언제부터인가 여자의 짜증이 늘었습니다.

함께 있어도 좀처럼 환하게 웃지 않습니다.

벌써 권태기인가…….

여자에 대한 나의 사랑이 식은 건 아닐까.

오랜만에 내 사랑을 돌아봅니다.

서둘러 일을 마쳐야겠습니다.

그렇게 번 시간을 여자에게, 여자를 위해 써야겠습니다.

빨리 일을 마치고 여자에게 달려가

나에 대한 사랑이 식은 게 아니냐고 투정이라도 부려야겠습니다.

셰익스피어가 말했습니다.
변화에 변심 않고
사랑만은 견디느니
폭풍이 몰아쳐도
사랑만은 견디느니
입술빛이 퇴색해도
사랑만은 견디느니
이 생각이 틀렸다면
사랑하지 않으리.

미안하다, 미안하다

● 왼쪽으로 가는 여자

경춘선 기차를 탔습니다. 혼자서.

창밖으로 가을이 지나갑니다.

창밖으로 스치는 가을에 묻어

재클린 케네디 오나시스가 한 말이 떠오릅니다.

'나는 평생 존 F. 케네디를 잊을 수 없어요.

그를 사랑한다는 것이 한 가지 이유이고,

그에게 더 잘 해주지 못했다는 것이 다른 한 가지 이유예요.'

그녀가 남긴 말처럼,

나 역시 그 남자를 쉽게 잊을 수 없습니다.

남자를 만난 건 지난해 가을입니다.

남자에게 처음 손을 잡히던 날,

가슴이 진정되지 않아 밤새 뒤척였던 기억이 납니다.

아마 그런 다음 날부터였을 겁니다.

내 안에는 내가 아닌 그 남자만 존재했습니다.

그 남자의 시선으로 세상을 보고,

그 남자가 가리키는 곳만 바라보았습니다.

길을 걷던 남자가 어딘가 힐끗 쳐다만 보아도 그게 무엇인지,

왜 남자의 시선을 끄는지 살폈습니다.

그러나 지금, 그 남자와 헤어질 준비를 하고 있습니다.

마음을 돌려보려고도 했습니다. 하지만 이미 다른 남자에게로

옮겨 간 마음은 꿈쩍도 하지 않습니다.

이럴 줄 알았으면 아껴 가며 사랑할 것을,

조금만 덜 사랑할 것을…….

나는 사랑한 지난날들을 후회하고 있습니다.

내 진심을 손톱만큼도 남기지 않고 다 주었던

시간들을 후회합니다.

조금만 덜 주었더라면 헤어지기가 한결 쉬울 겁니다.

하지만 미안해서 헤어지지 못하는 사랑은 하고 싶지 않습니다.

남자도 그런 사랑을 원하지는 않을 것 같습니다.

더 잘 해주지 못해서 잊을 수 없을 것 같은 남자.

더는 사랑해 줄 수 없어서 미안한 그 남자에게

무슨 말을, 어떻게 해야 할지 모르겠습니다.

혼자 하염없이 창밖을 바라다봅니다.

"왜? 무슨 일 있어?"

지나가던 동료가 아는 척을 합니다.

순간, 결심합니다.

'그녀를 보내주자.' 단호히 마음먹습니다.

그런데 후회가 밀려듭니다.

조금 더 잘 해줄 것을, 좀 더 아낌없이 사랑할 것을…….

여자는 이런 후회 따위, 하지 않을 겁니다.

바보스러울 정도로 나를 사랑하던 여자였으니까.

한 시간을 기다리게 하고, 사나흘을 기다리게 해도

토라질 줄 모르는 여자입니다.

어쩌면 그런 여자의 사랑이 나를 이기적인 사람으로

만들었는지 모릅니다.

'이 여자에게는 나밖에 없다, 이 여자는 날 떠나지 않을 거다.'

왜 이런 말도 안 되는 확신을 하고 있었을까.

여자의 눈빛에서 '미안한 마음'을 감지했을 때

몹시 당황스러웠습니다.

인정하고 싶지 않았습니다.

단 한순간도 여자의 사랑을 의심해 본 적이 없었으니 말입니다.

나는 제대로 사랑할 줄 모르는 사람이었습니다.

내가 나 자신을 좀 더 일찍 알았더라면……

뒤늦은 깨달음이 가슴을 저미게 합니다.

그래서 마지막으로 제대로 사랑하는 모습을 보여주고 싶습니다.

더는 미안해하지 않도록 놓아 주겠습니다.

그것이 비록 나를 아프게 할지라도.

앨프레드 테니슨이 말했습니다.

사랑해서 사랑을 잃는 것은,

전혀 사랑하지 않는 것보다 낫다.

연애가 깨어지는 이유

● 왼쪽으로 가는 여자

"나 좀 만나 주지 않을래?"

느닷없는 부탁에 친구는 주저 없이 '그러자'고 합니다.

망설이지 않고 선뜻 시간을 내주는 친구, 눈물이 핑 돕니다.

"지금 당장은 곤란한데……."

"내일 만나면 안 될까?"

이렇게 말하지 않아서 정말 고맙습니다.

"제발 너 혼자 생각하고, 너 혼자 판단하고,

너 혼자 힘들어하지 말라고.

무슨 사정이 있겠지, 그럴 만한 이유가 있겠지, 라고

생각해 주며 기다리든가

아니면 찾아가서 직접 물어보든가 그럴 수는 없겠니?"

친구는 한걸음에 달려와 세상이 무너진 듯

하얗게 질려 있는 나를 다독거립니다.

"그러고 싶어도 연락이 안 된다."

진이 빠져 목소리도 나오지 않습니다.

무슨 일인지 모르겠습니다.

남자는 사흘 전쯤에 '내게 생각할 시간을 좀 줬으면 좋겠다.'

달랑 문자 메시지 하나를 보내 놓고 잠적했습니다.

'혹시 여자 문제는 아닐까? 내가 싫어진 것은 아닐까?

더 이상 만나고 싶지 않은데 마음이 여려서

차마 말 못하고 숨어 버린 건 아닐까?'

사실이 아닌 추측은 여자를 더 괴롭고 비참하게 합니다.

"넌 지금까지 사랑이란 감정으로 만나 온 남자를

그렇게까지 형편없는 남자로 만들고 싶니?"

그제야 마음이 조금 진정됩니다.

어쩌면 친구를 불러낸 이유가

이 말을 듣고 싶어서였는지도 모릅니다.

'틀림없이 무슨 사정이 있을 거다. 남자가 원하는 대로

잠시 생각할 시간을 주면서

넌 꼼짝 말고 남자가 기억하는 자리에서 기다려 보는 거야.

제발 혼자 소설 좀 쓰지 말고.'

"저녁에 뭐 하나?"라고 물어봤을 뿐인데, 친구는 대뜸

만나자고 합니다. 말하지 않아도 내 마음을 읽는 소중한 친구입니다.

요즘 많이 바쁠 텐데도 다 생략하고 기꺼이 시간을 내줍니다.

친구는 내가 무슨 생각을 하고 있는지도 이미 알고 있었습니다.

"그러지 말고 여자에게도 이야기해라.

하루 이틀 만난 사이도 아니고 너희 두 사람,

사랑하는 남녀로 지낸 지 벌써 1년도 넘지 않았니.

너 이러는 게 여자를 더 힘들게 하는 거라는 거 모르겠어?

여자는 또 얼마나 답답하겠어.

제발 여자 혼자 이런저런 생각하게 만들지 말고

힘들 땐 같이 힘들어하라고.

만약 그 여자가 네 처지가 바뀌었다고 해서 떠나간다면,

그건 너희 두 사람 인연이 거기까지밖에 안 되는 거야."

모두 다 맞는 말입니다.

하지만 나는 그렇게 못하겠습니다.

아버지의 파산 선고.

이 날벼락을 어떻게 여자에게 같이 맞자고 할까.

나는 도저히 말할 수 없습니다.

부모님에게도 미안합니다.

집안이 이렇게 될 때까지 아무것도 모르고 있었다는 것,

그사이 나는 한 여자만을 열심히 사랑하고 있었다는 사실이

스스로 용서되지 않습니다.

그저 세상 밖으로 숨고만 싶습니다.

A. 보나르는 말했습니다.
연애는 진정한 무엇인가를
외면해서 깨지는 수가 있다.
마치 우정이 무엇인가의
거짓에 의하여 깨지는 것처럼.

전화 한 통

● 왼쪽으로 가는 여자

"예전 같지 않아. 달라졌다고요." 남자에게 쏘아붙이듯 말했습니다.

말하고 나면 속이 편해질 줄 알았는데 오히려 더 울적합니다.

그렇게 쏘아붙일 게 아니라 내가 왜 그런 기분이 드는지

차근차근 설명했어야 했다는 걸

뒤늦게 깨닫습니다. 그러나 이미 엎질러진 물.

다시 주워 담을 수도 없습니다.

내가 왜 그렇게 화를 냈는지 돌아봅니다.

남자가 전보다 무관심해진 게 결정적인 이유였습니다.

일주일 전, 남자에게 전화를 걸었는데 받지 않았습니다.

그래서 음성 메시지를 남겼습니다. 묵묵부답.

이번엔 문자 메시지를 남겼습니다. 그래도 묵묵부답.

자존심이 상할 대로 상했습니다.

물론 그럴 수도 있습니다.

음성 메시지를 듣지 못했을 수도 있고,

문자 메시지를 보지 못했을 수도 있습니다.

사실 남자는 비상시를 위해 휴대전화를 가지고 다닙니다.

더구나 메시지를 수시로 확인하는 사람도 아닙니다.

"그런데 왜 화를 내?" 친구가 어이없어 합니다.

아니, 그렇지 않습니다.

남자는 내게서 일주일 동안 연락이 없는데도 반응이 없습니다.

사랑하는 여자에게서 일주일 동안 연락이 없는데도 조용한 남자.

나는 그 남자가 나를 좋아한다고 생각할 수 없습니다.

원래 무심하기는 합니다.

그래도 일주일 동안 전화 한 통 없다는 거,

이건 너무 심합니다.

이러면 안 될 것 같습니다. 적어도 우리가 사랑하는 사이라면.

여자가 나보고 예전 같지 않다고, 따지듯 묻고 돌아갔습니다.

쌩하니 바람을 일으키며 돌아서 가는 여자를 쫓아가

그건 오해라고 달래야 했지만 그렇게 하지 않았습니다.

달라진 건 내가 아니라, 그 여자라는 생각이 듭니다.

"너무 무심한 거 아니에요? 그래도 여자친구인데?"

여자는 전에도 똑같은 얘길 한 적이 있습니다.

"내가 좀 그래요. 이해해요."

그때, 여자는 수줍게 웃으며 이렇게 말했습니다.

"괜찮아요. 내가 당신 몫까지 두 배로 관심을 가지면 되지요."

그랬던 여자가 어찌 된 일인지 전과 많이 다릅니다.

전에는 '휴대전화 좀 줘봐요' 하면서 자기가 보낸

문자 메시지를 찾아 보여주며 "이거 못 봤죠?"라고 했습니다.

"제발 메시지함을 확인하는 버릇 좀 들여봐요."

눈만 살짝 흘겼습니다.

그런데 오늘은 버럭 화를 냅니다. 나는 단지,

"이번 주에는 당신도 바쁘고 나도 바쁘니 별수 없이

일주일은 지나야 만날 시간이 생기겠네요."

지난번에 만났을 때 여자가 이렇게 말하고 가서

아무 생각 없이 일주일을 바쁘게 지낸 죄밖에는 없습니다.

그게 왜 내 잘못일까? 그게 왜 내가 달라져서일까?

내 보기에는 여자가 예전 같지 않은 것 같습니다.

그 여자의 사랑이 변하고 있는 것 같습니다.

나는 예전 그대로인데, 내가 예전처럼 보이지 않는 걸 보면.

데이비드 케슬러가 말했습니다.
전화 한 통 같은 사소한 것이
진정한 사랑으로부터 멀어지게
만들 수 있다.
그건 사랑을 무조건 주지 않음으로써
서로를 배신하는 것이다.
우리는 그들이 왜 전화를
걸지 않는지, 왜 그렇게 큰 목소리로
말하는지 알지 못하면서
자신이 받은 상처와 고통,
그리고 자신이 어떻게 오해를
받았는가에 대해서는
할 말이 너무 많다.

빈 시간

● 왼쪽으로 가는 여자

'사랑은 수프와도 같다. 처음 몇 입은 너무 뜨겁고,

아주 잠깐 적당한 듯싶다가 이내 싸늘하게 식어 버린다.'

잔 모로라는 프랑스 배우가 한 말입니다.

나는 지금 이 말에 100퍼센트 공감합니다.

사랑을 시작했을 때는 이 말을 믿지 않았습니다.

그러나 지금, ' 그래. 헤어지자. 헤어지는게

그렇게 소원이면 이제 그만 헤어지자.'

남자에게서 이 말을 듣고 나니

'사랑은 수프와도 같다'는 말이 떠오릅니다.

'네가 먼저 헤어지자고 했잖아. 그래서 나도 헤어지자는 것뿐이다.'

이 남자는 늘 이런 식입니다.

내가 왜 헤어지자는 말을 했는지에 대한 생각은 전혀 안 합니다.

동기 부여는 언제나 자기가 하면서

늘 내가 원인 제공을 한 것처럼 생각합니다.

언제나 악역은 나의 몫입니다.

사랑한다면서, 태어나 너를 만난 일이 가장 잘한 일이었다고
말했던 사람이 변해도 어쩌면 이렇게 변할 수 있는지…….
사랑이란 건 믿을 게 못 됩니다.
아니, 처음부터 사랑이 아니었는지도 모르겠습니다.
그저 좋아한다는 말을 곧이곧대로 믿어 주는
내 순진함에 편하게 만나준 것인지도 모릅니다.
그걸 난 철석같이 사랑이라 믿은 것인지도.
'아니, 그건 아닐 거야.' 나는 자꾸 도리질을 합니다.
그렇게까지 생각하고 싶지 않은 게
내 솔직한 마음인지도 모르겠습니다.
그래서 지금 내가 가장 알고 싶은 것은 '남자의 진정'입니다.
'나를 사랑하기는 한 걸까?'
남자의 마음이 알고 싶습니다.
남자의 마음속에 한 번만 들어갔다 나오면 소원이 없겠습니다.

오른쪽으로가는 남자 ●

"그래 열심히 해라. 실연의 상처는 일이 최고의 약이라더라."

저녁에 만나 술 한잔하자는 친구에게 할 일이 많다고 했더니

대뜸 이렇게 말합니다.

친구는 아픈 기억을 살려 놓았습니다.

잠시 일에서 손을 떼고 창밖을 바라봅니다.

언제 겨울이 온 것인지…… 계절이 바뀌는 줄도 모르고

사랑에 빠져 지냈습니다.

그래도 마음이 많이 편안해졌습니다. 그래서일까,

'나 때문에 혹시 울고 있는 건 아닌지.' 여자가 걱정됩니다.

문득 내가 참 못난 남자라는 생각이 듭니다.

'내가 무슨 말을 해도, 내가 무슨 짓을 해도,

누가 나에 대해서 무슨 말을 해도,

그냥 나를 믿어 주고 내 사랑을 믿어 줄 수는 없는 것일까?'

장 지로두는 말했습니다.
서로 사랑하는 사람이 한순간이라도
빈 시간이 끼어들게 내버려 두면,
그것은 자라서 한 달이 되고,
1년이 되고, 한 세기가 된다.
그때는 모든 것이 너무 늦어진다.

여자에게 이런 내 생각만 강요했던 것은 아니었을까,

후회도 됩니다.

여자가 왜 날 믿지 못하고 헤어지자는 말을 하는 것인지

한 번쯤 여자의 입장에서 고민해 볼 것을.

마음을 풀자 매듭이 풀립니다. 하던 일을 대충 정리하고 나섭니다.

그 자존심에 쉽게 만나 주지는 않을 것입니다.

그러니 일단 문자 메시지를 보내 놓는 게 좋겠습니다.

나 때문에 휴대전화를 꺼놓았더라도 틈틈이 확인은 할 겁니다.

그걸 알면서도 나는 휴대전화를 꺼놓은 여자가

미워 그동안 모르는 척했습니다.

이제 그만 나를 접으려 합니다. 사랑을 위해서.

'여기서부터 너 있는 곳까지 걸어간다. 두 시간쯤 걸으면 될까?

그래서 네 마음이 풀어진다면 난 추워도 상관없다.'

진정한 사랑의 과정

● 왼쪽으로 가는 여자

친구가 어젯밤에 남자를 보았다고 합니다.
그 시간이라면 남자는 집에 있어야 합니다.
남자는 어제 집에 일이 있어서 일찍 들어가 봐야 한다고 했습니다.
다시 또 거짓말을 한 남자.
하지만 그보다 더 화가 나는 것은 지금까지도
연락이 없다는 것입니다.
적어도 나를 사랑한다면, 어제 내게 거짓말한 것을 들킨 순간에
친구보다 먼저 전화를 했어야 합니다.
서둘러 변명이라도 해야 하는 것이
자기가 사랑하는 여자에 대한 최소한의 예의입니다.
어젯밤, 그 친구와 마주치는 순간에 남자도
골치는 아팠을 겁니다.
'다시는 거짓말 안 하기.' '다시는 우리 둘 사이에 비밀 없기.'
철석같이 약속한 것이 바로 하루 전날의 일이었으니 말입니다.
그러니 군색한 변명이라도 있어야 합니다.
혹시나 싶어 휴대전화를 확인해 봅니다.
문자 메시지, 부재중 전화, 음성 메시지……
어디에도 남자의 흔적은 없습니다.
나에 대한 사랑이 예전 같지 않은 게 틀림없습니다.

어쩌면 헤어지고 싶은 마음을 이런 식으로 우회해서
표현하고 있는데,
내가 바보 같아 눈치를 못 채는 것인지도 모릅니다.
어느새 점심시간.
남자에게서는 여전히 소식이 없습니다.
지난 3년 동안 남자가 내게 한 말, 내게 보인 행동들이
주마등처럼 스칩니다.
'그래, 그중 절반은 거짓이었어.'
내 사랑은 한없이 무겁고 깊은데, 남자의 사랑은 가볍고 얕습니다.
가슴이 울컥합니다. 눈물이 고입니다. 밥도 먹기 싫습니다.
차라리 휴대전화를 꺼놓는 게 낫겠습니다.
그럼 전화가 오지 않는 게 아니라 내가 안 받은 게 되니까.

"이제 그만 일어나 밥 먹어라."

어머니 음성에 가슴이 철렁 내려앉았습니다.

아침은 아닌 것 같고 점심 먹을 시간인 것 같습니다.

어제 계획한 바로는 지금, 그 여자의 회사 근처에서

여자와 점심을 먹고 있어야 합니다.

그러나 어차피 이젠 불가능해진 일. 퇴근 시간이나

맞춰 나가야 하겠습니다.

이상하게 어제부터 일이 꼬입니다.

어머니의 호출에 모처럼 일찍 들어왔는데,

밤 10시 넘어 지방에 가 있는 친구가 불러내 나갔다 왔습니다.

지방에 사는 친구의 서울 방문. 그로 인해 모인 친구들.

친구들은 여자친구 만나느라 자기들을 자주 안 만나 준다며

짓궂게 굴더니 새벽 2시가 다 되어서야 풀어 주었습니다.

워낙 늦게 나갔던 탓에 사실 그보다 더 이상

일찍 들어올 수도 없었습니다.

또, 모처럼 친구들과 함께한 시간이 즐겁기도 했습니다.

더군다나 오늘은 하루 휴가를 냈습니다.

며칠 전부터 여자가 고민하는 일이 있습니다.

그 일을 오늘 하루 시간을 내어 해결해 줄 참입니다.

그래서 낮에 같이 점심을 먹으며 깜짝 놀라게 해줄 생각이었는데,

계획을 수정해야겠습니다.

먼저 여자의 고민거리를 해결하고,

퇴근하는 여자를 기다렸다가 저녁 식사를 같이 해야겠습니다.

'서두르자!' 벌떡 일어나 씻고, 밥 먹고, 집을 나섭니다.

'어떻게 할까? 전화를 해서 깜짝 놀라게 해줄까?

아니면 이따 만나서 이야기해 줄까?'

망설이다가 여자에게 전화를 걸었습니다.

저녁에 약속이 있는지 없는지 확인하는 걸 깜박 잊었습니다.

그런데 여자의 휴대전화가 꺼져 있습니다.

이 덜렁이가 충전시키는 걸 또 잊었나 봅니다.

셰익스피어는 말했습니다.
진실한 사랑의 과정은
결코 평탄치 않았다.

사랑하는데 왜 불행하지?

● 왼쪽으로 가는 여자

"누가 또 온다구요?"

몰라서 묻는 게 아닙니다.

조금 전 분명히 들었습니다. 그 친구가 나오기로 했다는 얘기를.

가슴이 화산 폭발을 합니다.

전에도 한 번 이런 식으로 그 친구를 만난 적이 있습니다.

초등학교 3학년 때 처음 만나 이후로 지금까지

쭉 둘도 없는 친구로 지내왔다는 남자의 친구.

난 그 친구가 첫인상부터 마음에 들지 않았습니다.

그 때문에 심각하게 고민한 적도 있습니다.

내가 만나는 남자와 둘도 없이 친하게 지내는 사람이

마음에 들지 않는다는 것은

'내가 이 남자를 잘못 알고 있는 건 아닐까?'

충분히 걱정할 만한 일이라고 생각합니다.

친구란 가깝게 오래 사귄 벗.

벗이란 비슷한 또래로 서로 친하게 지내는 사람.

그러니까 친구란 모름지기 비슷한 사람을 의미합니다. 그렇다면?

이것을 마음에 두고 있다가 어느 날 슬쩍 남자를 떠보았습니다.

"지난번에 만났던 그 친구, 왠지 너무 가벼워 보여요."

"그렇게 보였어요? 하긴 조금 가볍기는 하지!"

남자는 대수롭지 않게 받았습니다.

대수롭지 않게 받아넘기는 그 모습이

여자를 절반쯤 만족시켰습니다.

'난 그 친구와 다르다'라는 말로 들렸습니다.

이것으로 나는 남자에게 그 친구에 대한

내 의사를 충분히 전달했다고 생각합니다.

그런데 사전에 상의도 없이 두 사람이 만나는 자리에

또 그 친구를 부른 것입니다.

남자와의 관계가 원점으로 되돌아가는 게 느껴집니다.

'이 남자가 날 사랑하고 있기는 하는 걸까?'

나는 지금 남자의 사랑을 의심합니다.

남자는 내 의사를 존중하지 않았습니다.

입이 철옹성처럼 꼭 닫혀 버립니다.

친구 이야기를 했더니 여자가 입을 철옹성처럼 꾹 닫고는
열지 않습니다. 당황스럽습니다. 아니, 이해가 잘 안 됩니다.
여자를 만나려고 막 집을 나서는데, 친구에게 전화가 왔습니다.
데이트 약속이 있다니까 자기도 좀 끼워 달라고 조릅니다.
머뭇거리다 약속 장소를 가르쳐 주었습니다. 굳이 승낙을 받지 않고
약속해도 될 만큼 여자와 가까워졌다고 생각합니다.
여자도 가끔 친구를 데리고 나올 때가 있습니다.
오늘도 그런 불가피한 날들 중 하루라고 생각하면 됩니다.
그런데 친구가 나올 거라고 하자
여자의 얼굴이 얼음장처럼 차갑게 굳습니다.
'무엇이 잘못된 걸까? 무엇을 잘못한 걸까?'
머릿속이 엉킨 실타래 같습니다.
'혹시 여자에게 특별한 계획이 있었던 것은 아닐까? 아니면,
자기에게 물어보지도 않고 멋대로 약속을 정해서 화가 난 것일까?'

그런 거냐고 물어보았지만 여자는 아예 입을 다물고

들은 척도 하지 않습니다. 섭섭합니다.

'날 사랑한다면 내 친구까지도 나를 대하듯 해줘야 하는 게 아닐까?

설사 셋이 함께 데이트하는 게 싫더라도 날 위해 한 번쯤은

눈감아 줘야 하는 게 아닐까?'

생각이 가지에 가지를 더하며 뻗어 나갑니다.

여자는 피곤하다며 먼저 집으로 가겠다고 했습니다.

나는 여자를 말리지 않았습니다.

잘못한 일이 있다면 말을 해주고, 오해가 있다면 이야기해서

풀면 됩니다. 그런데 여자는 둘 중 그 어느 것도 하고 싶지 않은

모양입니다.

"아무래도 내가 끼어들어서 여자친구가 화난 것 같으니

얼른 쫓아가 봐라."

친구가 등을 떠밉니다.

여자를 쫓아가지 않고 대신 친구와 함께 있었습니다.

철옹성처럼 입을 군게 다물고 있던 여자의 얼굴이 떠오릅니다.

내 마음도 철옹성처럼 군게 닫힙니다.

알랭이 말했습니다.

해가 떠도 눈을 감고 있으면 어두운 밤과 같다.

맑은 날에도 젖은 옷을 입고 있으면 기분도 비 오는 날처럼 어둡다.

사랑은 그 마음의 눈을 뜨지 않고,

그 마음의 의복을 갈아입지 않으면 언제나 불행하다.

알다가도 모를 마음

● 왼쪽으로 가는 여자

"왜?" "뭐?"

어이가 없습니다. 할 말이 없습니다.

고개를 저으며 "아무것도 아니에요"라고 말해 버리고 맙니다.

사랑의 버릇은 유턴인가 봅니다.

직진하다 유턴하고, 직진하다 유턴하고.

'이 사람은 대체 날 어떻게 생각하고 있는 걸까?'

근본적인 회의가 듭니다.

'또 나 혼자 이야기했구나'싶어 서글픕니다.

아마 거의 30분 가까이 될 겁니다.

만나자마자 오늘 있었던 일과 그 일들로 인해

하루 종일 얼마나 가슴앓이를 했는지에 대해

정말 숨차게 이야기했습니다.

그만큼 기분이 언짢은 날이었고, 그나마 버틸 수 있었던 건

저녁에 이 남자와 만나기로 약속이 되어 있었기 때문이었습니다.

그런데 숨차게 이야기할 때는 어디 갔다 왔는지,

'왜?' '뭐?' 하면서 묻습니다.

남자는 내 이야기를 건성으로 들었습니다.

더는 말을 하고 싶지 않습니다.

남자에게 따뜻한 위로와 격려를 바랐던 게 잘못입니다.

늘 이런 식인데 바보처럼 또 깜박 잊고 있었습니다.

그래서 말을 하다 만 것도 모르고

남자는 천연덕스럽게 쳐다봅니다.

왜 이야기를 하다 말고

나를 빤히 쳐다만 보고 있는 거냐는 의미일 겁니다.

'지금까지 내가 하는 말 듣고는 있었나요?

그러면 내가 무슨 이야기를 하고 있었는지 어디 한번 말해 봐요.'

묻고 싶지만 묻지 않습니다.

결국 내 입만 아플 겁니다.

보나마나 이럴 겁니다. "왜 또 그러는데?"

종알종알 이야기하던 여자가 한순간 입을 다물더니

까닭을 모르겠는 눈초리로 쳐다보기 시작합니다.

'또 뭐가 못마땅한 걸까?' 가슴이 꽉 막힙니다.

틀림없이 비위를 상하게 만든 뭔가가 있습니다.

그러나 '뭘 잘못했을까?' 반성보다는

'이번엔 또 뭘까?' 짜증이 앞섭니다.

정말 이번엔 또 무엇 때문에 숨차게 이야기하다 말고

못 본 걸 본 것처럼 싸늘해지고 만 걸까.

흐르는 정적이 가슴을 더 답답하게 합니다.

"왜?" "뭐?" 물었지만 대답이 없습니다.

아무래도 이 말도 잘못된 것 같습니다.

그렇게 묻는 나를 어이없어하는 게 역력히 느껴집니다.

이유를 모르겠는 시위.

어디서부터 얽히기 시작했는지 빨리 찾아야 합니다.

그러나 오늘은 그냥 이쯤에서 끝내고 싶습니다.

실은 낮에 사람들한테 많이 부대껴

머리와 가슴을 텅 비운 채 쉬고 싶습니다.

아무래도 오늘은 저녁 식사나 함께하고

헤어지는 게 나을 성싶습니다.

여자도 만나자마자 낮에 가슴앓이했던 이야기를

쉬지 않고 했습니다.

나도 여자도, 둘 다 피곤한 것 같으니

오늘은 각자 집에 일찍 들어가서 푹 쉬는 편이 좋겠습니다.

그런데 밥 먹자는 이야기를 하지 못하겠습니다.

그럼 꼭 '지금 나 화난 거 안 보여요?'

'내가 왜 이러는지 정말 몰라요?'

몰아붙일 것 같습니다.

화난 건 보이는데 왜 화가 났는지 모르겠으니

그저 답답할 뿐입니다.

'왜 화가 나 있는지를 눈치 채지 못하는 나 때문에

화가 난 것은 아닐까?'

아아! 잘 모르겠습니다.

그러지 말고 말을 좀 해주면 좋겠습니다.

배도 고프고, 사람들한테 시달려 짜증도 나는데

제발 시원시원하게, 속 시원히 말해 주고 털어 버렸으면

좋겠습니다.

웬디 코프가 말했습니다.

사랑에는 두 가지 치료법이 있다.

첫 번째는 만나지 않는다,

전화도 편지도 하지 않는다.

두 번째는 첫 번째보다

더 쉬운 방법이다.

그건 상대방을 보다 더 잘 안다,

바로 이것이다.

휴대전화 속의 사랑

● 왼쪽으로 가는 여자

휴대전화에서 배터리를 분리시킵니다. 무언의 시위입니다.

아침에 통화를 하다가 남자에게 사정이 생겨

중간에 끊었습니다.

"조금 있다 다시 걸게."

남자의 이 한마디에 나는 온종일 꼼짝을 못했습니다.

문자 메시지가 왔는지, 전화가 왔는지 확인하느라

하루 종일 휴대전화만 쳐다보고 지냈습니다.

하지만 이젠 내가 받지 않겠습니다.

전화를 하다가 자기 사정으로 중간에 끊었다면,

그 문제가 해결되는 순간 다시 전화를 하는 게

상대방에 대한 도리고 예의입니다.

물론 깜박 잊을 수도 있습니다.

그러나 온종일 깜박 잊고 지낸다는 것은

그 사람에게 상대방의 존재가 미미하다는 얘기밖에 안 됩니다.

아니면 '미미'를 떠나 '무시'이든가.

헤어지고 싶다는 확대 해석까지도 가능합니다.

왜냐하면 사랑의 반대말은 무관심이니까.

전에는 이런 경우, 늘 내가 먼저 전화를 걸었습니다.

참다 참다 전화를 걸면 남자는 항상 이렇게 말했습니다.

"어, 미안. 그만 깜박했네."

문제는 전화를 걸고 안 걸고가 아니라고 생각합니다.

그 사이 나라는 존재를 까맣게 잊은 남자의 무관심이 문제입니다.

휴대전화를 끄면 자유로울 줄 알았습니다.

그러나 배터리를 분리시켜 놓은 휴대전화는

나를 더 쓸쓸하게 합니다.

그 남자가 아니라 휴대전화 때문에 고통입니다.

오늘은 눈코 뜰 새 없이 바빴습니다.

아주 가끔 일어나는 일들이 오늘 하루 동안 한꺼번에,

그것도 동시에 일어났습니다.

먼저 고등학교 시절 단짝 친구가 전화를 했습니다.

늘 내 안부가 궁금했었는데 우연히 연락처를 알게 되었다며

반가워 어쩔 줄 몰라했습니다.

마침, 점심 약속이 없었습니다.

약속이 있던 친구는 선약을 뒤로 미루고 달려왔습니다.

달라진 건 둘 다 넥타이를 매고 있다는 것뿐

우리는 만나자마자 고등학교 시절로 돌아갔습니다.

친구 덕분에 정말 오랜만에 추억 여행을 했습니다.

그때 또 한 친구에게서 전화가 걸려 왔습니다.

그동안 쭉 만나온 고등학교 동창이 부친상을 당했습니다.

"같이 가지 않을래?"

누구도 만날 수 있고, 누구도 만날 수 있다는 말에

퇴근하고 영안실에서 만나자고 했습니다.

바이런이 말했습니다.
남자의 사랑은 생활의
일부이지만
여자의 사랑은 전부이다.

친구를 만나고 사무실로 돌아오니 길어진 점심 식사 때문에
업무가 밀려 있습니다.
오늘은 퇴근도 일찍 해야 합니다.
정신없이 일하느라 차 한잔 느긋하게 마실 시간도 없이
오후가 후딱 지나가 버렸습니다.
퇴근을 하고 서둘러 영안실로 향하는데
아침에 여자친구와 전화를 하다 말았다는 기억이 납니다.
병원에 도착하자마자 전화를 해야겠습니다.
그전에 잠시 눈이라도 붙여 두어야겠습니다.
지하철 안, 나는 자리도 없어서 그냥 선 채로 잠을 청합니다.
눈을 감자 여자가 보고 싶어집니다.
'오늘 하루 뭐 하고 지냈을까?'

권태

● 왼쪽으로 가는 여자

'아프다고 할까? 아니면 집에 일이 있다고 할까?'

핑계를 찾다가 그만둡니다.

만나기로 약속해 놓고 나가기 싫어 핑계를 찾고 있는

내가 마음에 들지 않습니다.

바로 그때, 남자에게서 문자 메시지가 왔습니다.

'갑자기 사정이 생겨서 오늘 약속을 지키지 못할 것 같아.

내가 다시 연락할게.'

차마 말하지 못하고 전전긍긍하던 문제가 해결되었는데

왜 그런지 기분이 좋지만은 않습니다.

직접 말하는 성의도 없이 문자 메시지를 날리다니…….

나중에 연락하겠다는 말로 은근히 내 전화를 막는 것 같아

마음이 흐려집니다.

하지만 오늘은 만나지 않아도 되겠구나,

싶어 마음은 홀가분합니다.

"왜? 갑자기 무슨 좋은 일이라도 생겼어?"

눈치 빠른 친구가 묻습니다.

문득 전에도 똑같은 말을 들은 기억이 납니다.

그 남자와 막 사랑을 시작하던 때,

그때도 친구는 똑같이 물었습니다.

'왜? 갑자기 무슨 좋은 일이라도 생겼어?'

가슴에 단단한 무엇이 얹히는 것 같습니다.

남자와의 약속이 취소되었는데

남들 눈에는 좋은 일이 생긴 것처럼 보인다?

사랑이 흔들리고 있는 게 분명합니다.

남자에 대한 이런저런 실망,

나에 대한 남자의 마음을 알고 난 이후로 느슨해진 감정,

운명의 남자라는 생각에서 점점 멀어지는 생각들.

'권태기일까?'

한 발짝 뒤로 물러나 흔들리는 나를 물끄러미 바라봅니다.

그러곤 묻습니다.

"대체 너, 왜 흔들리는 거니?"

잠시 머뭇거리다 여자에게 문자 메시지를 보냅니다.

잠시 머뭇거린 이유는 '이러면 안 되지' 하는 생각 때문이고,

그럼에도 불구하고 문자 메시지를 보낸 이유는

감정에 충실하고 싶기 때문입니다.

여자와 저녁 약속이 있는 날, 가까운 친구들이 만나자고 합니다.

마음은 벌써 여자와의 약속을 취소하고, 친구들을 만나러 갑니다.

그런데 이성이 감정을 막습니다.

'여자에게 너무 미안한 일이다' 하면서 내가 나를 타이릅니다.

그러나 솔직하고 싶습니다.

'이런 마음으로 만나러 나가는 것이 오히려

여자에게 더 미안한 일 아닐까?

적어도 오늘만큼은 내 감정에 충실하자.'

그래서 오늘 갑자기 사정이 생겨 만날 수 없다고

문자 메시지를 보냈는데,

보내 놓고 나니 비겁했다 싶습니다.

사랑에도 고비라는 게 있을 겁니다.

그 고비를 나는 참 비겁하게 넘고 있는 것 같습니다.

물론 여자가 싫어진 것은 아닙니다.

다만, 서서히 책임감으로 변해 가는 만남이 싫습니다.

사랑이 식은 것인지 아니면 사랑하는 사람들 사이에

얼마든지 있을 수 있는 일인지 알고 싶습니다.

여자와 한 약속을 취소하고 친구들을 만나러 가는데

갑자기 궁금증이 생겼습니다.

'그 여자에게도 나를 피하고 싶은 때가 있는 건 아닐까?'
그러자 온몸에 힘이 풀리고 가슴이 울렁거립니다.
나 역시 그 여자에게 이미,
일상처럼 무의미한 존재가 되어 있을지 모른다는
생각 때문입니다.

막시무스가 말했습니다.
인간은 참 이상한 동물이다.
휴대전화에 찍힌 번호가
처음 보는 것이면 받지 않는다.
집에 사람이 찾아왔을 때 인터폰으로
슬쩍 보고 모르는 사람이면 문을 열어 주지 않는다.
처음 보는 사람에게 돈을 꿔주는 인간도 없다.
그런데 우리는 대부분
처음 보는 사람과 사랑에 빠진다.
그것도 보통, 그 사람에 대해
잘 모르는 동안에만.

전쟁 같은 사랑

● 왼쪽으로 가는 여자

친구들과 같이 있습니다. 그러나 내 관심은 남자뿐입니다.

입만 열면 남자 이야기가 흘러나옵니다.

"그 남자는 기억력이 얼마나 좋은지 몰라.

도무지 대충 알고 있는 게 없어!"

"나와 생각이 너무 비슷해."

"만나서 식사할 때면, 아침에는 뭘 먹었느냐,

점심에는 뭘 먹었느냐고 물어본다.

그런 다음에 그날 안 먹어본 걸로 메뉴를 고르는 거지."

결국 친구들에게 핀잔을 듣고 말았습니다.

내가 생각해도 도가 지나칩니다.

"우리가 지금 널 만나고 있는 건지,

네 남자친구를 만나고 있는 건지 모르겠다.

어떻게 넌 입만 열면 남자친구 얘기니?"

사실, 나 스스로 느낍니다.

요즘 나는 나보다 남자를 생각하는 시간이 더 많습니다.

마치 삶의 기준이 남자에게 맞춰져 있는 것 같습니다.

나는 이런데……

이 남자는 오늘 온종일 어디서 무얼 하는지 연락이 없습니다.

오늘은 친구들과 약속이 있다고 미리 말은 해두었습니다.

그렇다고 문자 메시지 한 통 없는 건 너무합니다.

남자가 나를 생각하는 시간보다

내가 남자를 생각하는 시간이 더 많은 것 같아

약이 오릅니다.

그래서 애꿎은 휴대전화만 노려보다가

또 내가 먼저 문자 메시지를 보내고 맙니다.

'어떻게 하루 종일 문자 메시지 한 통 없는 거야?

온종일 내 생각 한 번 안 하는 남자를

계속 만나야 할지 말아야 할지 고민하게 만드네.

친구들도 너무 무심한 거 아니냐고

놀리는 중!'

오늘은 꼭 휴가를 받은 것 같습니다.

여자가 오늘은 친구들을 만나야 한다고 일주일 전부터 말했습니다.

덕분에 나도 오늘은,

틈만 나면 데이트를 하느라 밀린 일들을 해치우기로 했습니다.

서너 가지 볼일을 보고 친구들을 만났습니다.

그동안 여자를 만나느라 자주 보지 못한 친구들에게 둘러싸여

놀림은 좀 받았지만 그래도 기분은 나쁘지 않습니다.

그런데 여자에게서 문자 메시지가 왔습니다.

어떻게 온종일 문자 메시지 한 통이 없느냐고.

그렇게 무관심해도 되느냐고.

그래서 지금 계속 만나야 할지 말아야 할지 고민 중이라고.

친구들이 너무 무심한 거 아니냐며 놀린다고.

세상에. 맙소사! 친구들을 만난다고 해서 방해하지 않으려고
혼자 조용히 시간을 보내는 사람에게 이런 억지가 또 어디 있을까.
늘 이런 식입니다.

배려도 배려로 받아들이지 못하고 늘 트집입니다.

도무지 칭찬하는 법이 없습니다. 언제나
부족한 점, 미흡한 점만 집어냅니다.

처음에는 이 또한 나에 대한 관심이고,
애정이 있어 부리는 투정이고,
마음을 표현하는 데 인색한 나에 대한 사랑이라 여겼습니다.

그런데 똑같은 소리를 되풀이해서 듣다 보니
혹시 나와 헤어지고 싶은 것인지도 모른다는 생각이 듭니다.

세르반테스가 말했습니다.
사랑은 전쟁과 같은 것이며,
전략과 정책은 전쟁에서와
마찬가지로 사랑에서도 필요하다.

05

asking

이별, 그후

그리워할 시간을 주는 일

● 왼쪽으로 가는 여자

6개월 전, 한 남자를 만났습니다.

첫눈에 호감이 갔습니다. 이후 거의 날마다 만났습니다.

"그렇게 처음부터 마음을 다 열어 보이는 건 바보 같은 짓이야!"

친구들이 충고했지만 듣지 않았습니다.

좋으면 좋은 대로 감정을 드러내 보여주는 것이

사랑이라 생각합니다.

그래서 생각날 때마다 문자 메시지를 보냈습니다.

보고 싶을 때마다 만나자고 했고,

바쁘다고 하면 오랜 시간을 기다려서라도 만났습니다.

짬날 때마다 당신을 만나게 되어 행복하다고,

기쁘다고 말해 주었습니다.

말만으로 부족하다 싶으면 선물에 마음을 담아 전했습니다.

내게 찾아온 사랑에 최선을 다하지 않으면

마치 그 사랑이 서운해하며 떠날 것 같은 생각에

어떤 때는 사랑하는 마음에 두 배를 곱해서

보여주기도 했습니다.

그러나 돌아온 것은,

'너에 대한 내 감정을 잘 모르겠다'는 남자의 애매모호한 태도.

그런데도 매달리고 싶습니다.

어디서 무엇이 잘못된 것일까? 찾아내어 바로잡고 싶습니다.

하지만 그건 사랑을 구걸하는 일이겠지요.

대신 여행을 떠났습니다.

'어떤 확신이 없다는 얘긴가요?' '내가 뭘 잘못했나요?'

하늘에 묻고, 바람에 묻고, 강물에 물었습니다.

'넌 지금 남자가 너를 그리워할 시간을,

사랑할 시간을 주지 않았던 대가를

혹독하게 치르고 있는 중이야!'

하늘이 대답하고, 바람이 대답하고, 강물이 대답했습니다.

나는 '바보 같은 사랑법'을 미련 없이 버리기로 합니다.

아니, ' 꼭 그렇게 하리라' 마음먹습니다.

6개월 전, 첫눈에 호감이 가는 여자를 만났습니다.

'이 여자도 나와 같은 마음일까?'

한참 고민하다가 여자에게 연락을 했습니다.

걱정은 우려였고, 여자는 기다렸다는 듯이 달려나왔습니다.

좋은 감정을 느끼고 있는 여자가 나를 좋다고 해주는 것만큼

행복한 일이 또 어디 있을까?

정말이지 내겐 과분한 행복이었습니다. 그래서일까요?

'이 여자는 대체 나의 어디가 그렇게 좋은 것일까?

혹시 나를 과대평가하고 있는 것은 아닐까?

나를 있는 그대로 보고 있는 것이 아니라,

자기가 사랑하고 싶은 이상형의 남자로

착각하고 있는 것은 아닐까?'

콩알만해진 자신감은 '이상한 의심'으로 나를 비틀어 놓았습니다.

보고 싶다고 하기 전에 먼저 보고 싶다고 말하는 여자는

만나고 싶은 마음과 피하고 싶은 마음,

이 두 가지 마음을 갖게 했습니다.

고민하고 갈등하다가 여자에게 말했습니다.

"당분간 만나지 말고 떨어져 지내며 생각을 정리해 보자."

다행히 여자는 생각보다 깊은 상처를 받지 않은 듯합니다.

그런데……

그런데……

정말 이상합니다.

나를 좋아하고, 사랑하는 마음을 아낌없이 보여주던

여자가 덤덤하게 돌아서자

오히려 내 쪽에서 여자를 생각하는 시간이 길어집니다.

그날 이후, 여자는 어디서 무얼 하는지 소식조차 없는데

나는 오늘도 그 여자가 많이 보고 싶습니다.

어쩌면 내가 그 여자를 사랑하지 않았던 게 아니라,

그 여자가 내게 사랑할 시간을 주지 않았던 것인지도 모릅니다.

놀 크로웰이 말했습니다.
불을 잘 붙이기 위한
아주 쉬운 한 가지 원칙이 있다.
두 개의 장작을 서로 온기가
느껴질 만큼 가까이 두되,
숨을 쉴 만큼은 떨어뜨려 놓는 것이다.

다른 사람을 사랑하게 되는 일

● 왼쪽으로 가는 여자

늘 남자에게서 전화가 걸려 오던 시간.

그러나 시간만 잔잔한 강물처럼 흘러갑니다.

남자에게 지금은 한가한 시간입니다.

불과 얼마 전까지만 해도 남자에 대해 아는 게

많다는 것은 기쁨이고 행복이었습니다.

하지만 이젠 상처입니다.

남자에게서 사랑의 변화를 느낍니다.

전화가 와야 할 시간에 전화가 오지 않습니다.

만나자는 말을 할 때가 되었는데 하지 않습니다.

전화를 하면 받지 않습니다.

'사랑이 변한다.' 얼마든지 있을 수 있는 일입니다.

마음은 달라질 수 있고, 사랑은 옮겨 갈 수 있습니다.

다만 화가 나고 참을 수 없는 것은

이런 식으로 피하는 남자의 태도입니다.

의지대로 할 수 없는 게 마음이고 사랑입니다.

그러니 남자가 '마음이 변했다,

너에 대한 내 사랑이 예전과 같지 않다'고 해도

할 말은 없습니다.

먼저 시작하고 먼저 끝내는 남자의 사랑을 미워할 수는 있어도

'어떻게 그럴 수 있어?' 탓할 일은 못 됩니다.

하지만 이런 식으로 만남의 흔적을

흐지부지 지우려는 것은 용서가 안 됩니다.

사랑했던 추억마저 비참해지려고 합니다.

'혹시 내가 받을 상처 때문에 차마 헤어지자는 말을

못하는 건 아닐까?'

남자를 이해해 보려다 그만둡니다.

상처는 온전한 내 몫입니다.

남자의 몫은 사랑하며 만났던 날들에 대한 진실한 매듭입니다.

이제 더는 연락하지 않고 남자의 연락을 기다리겠습니다.

'너를 만나는 동안만큼은 사랑이었다. 그러나 지금은 아니다.'

남자가 진솔한 매듭을 지어 주기를 기다리겠습니다.

그래야만 남자와 함께한 시간들을 후회하지 않을 것 같습니다.

1년 남짓,

한 여자를 사랑했습니다.

세수하고, 밥 먹고, 일하고, 잠을 자는 데 쓰는 시간 외에는

모두 그 여자와 함께했습니다.

나로 인해 여자가 웃으면 기뻤고,

나 때문에 여자가 기뻐하면 행복했습니다.

그래서일까? 내 마음은 지금, 흙탕물입니다.

물 맑은 연못을 누군가가 긴 막대기로 휘저어 놓았습니다.

어떻게 해야 좋을지 모르겠습니다.

마음은 이미 다른 여자를 바라보고 있습니다.

다른 여자를 바라보는 내 마음이 사랑이라는 것도 알고 있습니다.

그러나 지금은 두 사람 중 어느 누구도 만날 수가 없습니다.

여자를 생각하면 마음이 아픕니다.

다른 여자를 생각하면 미안합니다.

그저 변심한 내 마음이 야속할 뿐입니다.

하루에도 수십 번씩 여자를 찾아가

내 마음이 내가 시키는 대로 하지 않았다고 변명하고 싶습니다.

"알아듣겠어? 내 의지와는 전혀 상관없이

마음이 움직인 거라고! 이해하겠어?"

그러나 내가 무슨 말을 할 수 있을까요?

차라리 나쁜 인간이 되는 게 속 편할 것 같습니다.

주말이 오기만을 기다립니다. 어디론가 훌쩍 떠나고 싶습니다.

서머싯 몸이 말했습니다.
어떤 남자라도 한 여자를
자기 것으로 하려고 생각했을 때는
그 사람이 자기 사랑에
가장 적합한 여자라고 여긴다.
그리고 자기 자신이
이렇게 마음을 쏟고 있는 것이
타당하다고 생각한다.
하지만 그것이 잘못이라고
깨닫는 것은 딴 여자를
사랑하게 되었을 경우이다.

우리가 사랑하고 있는 동안은……

● 왼쪽으로 가는 여자

"너 요즘 잘 지내니?" 친구가 묻습니다.

무심히 고개를 끄덕이는데 이상한 생각이 스칩니다.

짐작컨대 이 말 속에는 '잘 지내고 있지 않을 거다'라는

추측이 전제되어 있습니다.

순간 남자가 떠올랐습니다.

'너 요즘 잘 지내니?'라는 말 속에

틀림없이 그 남자가 얽혀 있을 겁니다.

짐작대로였습니다.

친구는 그 남자가 다른 여자와 함께 있는 걸 보았다고 했습니다.

동생이나 후배가 아닐까, 아님 단순히 아는 여자가 아닐까?

요리조리 피해 봅니다. 그 남자를 위해서가 아니라 나를 위해서.

"그냥 아는 사이 같아 보이지는 않던데……."

친구가 말꼬리를 흐리며 조심스럽게 말합니다.

그만 가슴이 무너져 내립니다.

그 어떤 감정보다도 배신감이 치밉니다.

나는 그동안 최선을 다했습니다.

남자에게 부족한 연인이 되지 않으려고

매 순간 열심히 노력했습니다.

나를 지우고 그 자리에 남자를 놓았습니다.

기꺼이 남자의 그늘 속으로 들어가 버린 나는

이제 형체도 없습니다.

이젠 눈빛만 보아도 그 남자가 물을 마시고 싶어 하는지,

술을 마시고 싶어 하는지 압니다.

전화로 목소리만 들어도

그날 그 남자의 기분을 짐작할 수 있습니다.

늘 내가 하고 싶은 일보다

그 남자가 하고 싶어 하는 일이 우선이었고,

내가 갖고 싶은 것보다

그 남자가 갖고 싶어 하는 것이 먼저였습니다.

"네가 어쩌다 이렇게 되었니?" 친구들이 끌끌 혀를 차며

놀려도 나는 행복했습니다.

'그 남자는 내가 사랑하는 남자이니까,

그 남자는 나를 사랑하는 남자이니까.'

내 기억은 남자에게 끊임없이 잘해준 일들만 찾아냅니다.

그 기억들이 치밀어 오르는 배신감에 불을 지핍니다.

'어떻게 내게 이럴 수 있니?' 비명을 지르게 합니다.

친구가 안타까워서 한 마디 합니다.

"그러게 내가 너무 잘해 주지 말랬지!"

"너 이 자식, 그러면 안 돼!"

친구의 진심 어린 충고에 가슴이 따끔거립니다.

그러면 안 된다는 말의 의미는

그 여자를 두고 다른 여자를 만나면 안 된다는 뜻입니다.

'그 여자가 네게 얼마나 잘했는데, 그런 여자를 두고

다른 여자를 만날 수 있느냐.'

그런 말일 것입니다.

맞는 말입니다. 그러나 이제 그 여자보다

다른 여자를 만나는 시간이 더 즐겁습니다.

그 이유가 뭘까?

최선을 다해 나를 사랑하는 여자를 두고

다른 여자를 바라보는 이유는 과연 무얼까?

이런 생각이 듭니다. 내게 최선을 다하는

그 여자에게는 내가 해줄 게 없다는 생각.

어쩌면 늘 부족한 나 때문에 여자가 힘겨워하는지도 모른다는 생각.

이렇게 그 여자만 생각하면 내 부족한 면만 보입니다.

그 여자는 완벽하고, 나는 한심합니다.

반면, 다른 여자에게는 내가 해줄 게 많습니다.

해줄 게 너무 많아서 피곤할 정도입니다.

하지만 그때마다 '아, 내가 이 여자에게는

필요한 존재구나' 희열을 느낍니다.

아마 이 여자는 내가 그만 만나자고 하면 크게 상처받을 겁니다.

하지만 지금 만나는 여자는 내가 헤어지자고 하면

자기보다 많이 부족한 남자로 인해 어쩔 수 없이 짊어져야 했던

부담감을 덜어내고 홀가분해할지도 모릅니다.

그러니 절친한 친구의 따끔한 충고를 아무래도

받아들일 수 없습니다.

'그럼 넌 나쁜 놈이야!'

그래도 어쩔 수 없습니다.

그러면 안 되는 것도, 그러면 나쁜 놈인 줄

누구보다 내가 더 잘 압니다.

조지프 루는 말했습니다.
우리가 사랑하는 동안은 사랑하는 사람에 대한 우리들의
마음과 감정은 가장 좋은 것만 베풀게 된다.
그러나 서로 오해가 생기면 상대편에게서 그것을
사정없이 빼앗아간다.

이제 너를 사랑하지 않는다

● 왼쪽으로 가는 여자

이 남자를 어떻게 잊을 수 있을까?

'너 정말 잊을 수 있어?' 내 마음에게 물어봅니다.

잊을 수 있을지 없을지 잘 모르겠습니다.

다만 모두들 '잊어진다'고 하니 '잊어질 수도 있나 보다'

그렇게 생각할 뿐입니다.

시간이 흐르면 지금만큼 고통스럽지 않다고 하니

그럴 수도 있겠다 생각할 뿐입니다.

하지만 내 진정은 잊고 싶지 않다는 데 있습니다.

아니, 잊어질까 두렵습니다.

내가 그 남자를 잊고, 내게서 그 남자가 잊어지는 게

두려운 게 아니라

그 남자가 나를 잊고, 그 남자에게서 내가 잊어지는 게

싫고 두렵습니다.

그 남자는 이제 나를 사랑하지 않는다고 하는데,

나는 아직도 그 남자를 사랑하나 봅니다.

나보다 더 먼저 날 사랑하기 시작하더니

나보다 더 먼저 사랑을 끝내려고 합니다.

'이럴 거면 차라리 시작을 하지 말지.'

이 남자를 사랑할 때,

부모님의 반대는 물론 세상 그 어떤 반대에도 자신 있었습니다.

나만 흔들리지 않으면 된다고 생각했습니다.

이 남자와 함께라면 남보다 조금 덜 입고, 덜 먹고 살아도
기쁜 마음으로 기꺼이 살아갈 자신이 있었습니다.
그런데 미처 생각하지 못한 게 있습니다.
그 남자가 변할 수도 있다는 것, 흔들릴 수도 있다는 것입니다.
이 남자가 나를 먼저 사랑했기에 이 남자의 변심은
상상도 해보지 않았습니다.
'그 남자와는 절대 안 된다'는 반대 앞에서는 웃을 수 있지만,
'이젠 자신 없어. 네가 날 사랑하는 만큼
난 널 사랑하지 않는 것 같아. 정말 미안하다.'
이런 남자의 마음 앞에서는 웃을 수가 없습니다.
나쁜 사람.
마음을 이렇게 정리합니다.
'잊자' 하지도 말고, '잊어지겠지' 하지도 말자고.

'이젠 자신 없다. 네가 날 사랑하는 만큼

이제 내가 널 사랑하지 않는 것 같다.

정말 미안하다.'

이 말을…… 수도 없이 중얼거립니다.

말에 마음이 중독되어야만 합니다. 그래야 실수가 없습니다.

여자 곁에서 나만 사라지면 여자는 나를 만나기 이전으로

돌아갈 수 있습니다.

그러면 나라는 존재로 인해 더 이상

여자가 마음 아파할 일도 없습니다.

그러니 내가 먼저 마음을 돌려야만 합니다.

그러지 않는 한, 여자는 마음을 돌리지 않을 것입니다.

'참 비겁하네.'

난 지금 내가 못마땅해 죽을 것 같습니다.

'내 곁에 여자를 붙잡아 두는 건 내 욕심을 채우려는 거지

사랑이 아니다.'

난 지금 나를 야단칩니다.

'그건 잘못된 생각이다. 사랑한다면

사랑하는 사람 곁에 있어 주어야 하는 거 아닌가.'

내가 나를 회유합니다.

나는 밤마다 '그 여자와 함께하는 삶'과 '그 여자와 헤어진 삶'

두 개의 성을 쌓았다 허물고, 쌓았다 허뭅니다.

하지만 이제 그만두려고 합니다.

그 여자 곁에 내가 있어서 그 여자가 행복하다면

떠날 이유가 없지만,

그 여자 곁에 내가 있어서 그 여자가 힘들다면

떠날 이유는 충분합니다.

나는 거짓말을 합니다.

이별의 이유가 나 때문이라고, 내게 다른 여자가 생겼다고.

그 여자가 지금은 눈물을 흘려도 나중에 웃을 수만 있다면,

내 사랑은 더 바랄 것이 없습니다.

라로슈푸코는 말했습니다.
사랑하는 마음을 억제하는 것은
사랑하는 사람에게 받는
그 어떤 호된 처사보다 더 잔인한 것이다.

이별보다 무서운 것은

'사랑은 달이었구나.'

차면 기우는 달, 사랑도 달입니다.

늦은 밤, 집으로 오는 길에 달을 보았습니다.

'차오르는 달일까, 기우는 달일까?' 생각하는데

서서히 기울어 가는 사랑이 보입니다.

"오늘 우리 몇 시에 만날까?"

묻는 남자에게 나는 참 잔인했습니다.

"우리가 오늘 만나기로 했었나요?"

"왜 만나기 싫어?"

"아뇨. 만나요. 근데 만나서 뭘 할 건데?"

"우리가 언제 뭘 할 건지 정해 놓고 만났나?

일단 7시쯤에 만나자고."

"알았어요. 그럼 이따 봐요."

낮에 남자와 나눈 대화가 가슴에 못처럼 박혀 있습니다.

나는 참 정직하지 못합니다.

만나기 싫은 것은 아니었지만, 만나지 못할 이유가 있었으면

좋겠다고 생각했습니다.

그러면서 7시에 남자를 만날 수 없는 이유가 생기기를

기다렸습니다.

그러다 결국 내가 만들어내고 말았습니다.

'7시에 왜 만날 수 없는지' 그 이유를.

"엄마가 조금 편찮으신가 봐요.

오늘은 일찍 들어가 봐야 할 것 같아요."

남자에게 거짓말을 하고 나는 7시에 친구를 만났습니다.

"웬일이야? 오늘 같은 날은

남자친구와 같이 있어야 하는 거 아니니?"

더럭 겁이 납니다.

더는 남자를 사랑하지 않게 될까 봐 두렵습니다.

'사랑해요'라고 말한 입으로

'이젠 사랑하지 않아요'라고 말을 해야 할까 봐 두렵습니다.

그게 겁이 납니다.

"엄마가 조금 편찮으신가 봐요. 일찍 들어가 봐야 할 것 같아요."

저녁 7시에 만나기로 한 여자가 5시쯤 약속을 취소했습니다.

예상이 적중했습니다.

실은 아까 약속을 정할 때 눈치 챘습니다.

'이 여자, 5시쯤 되면 갑자기 아플지도 모르겠다.'

여자는 자기 대신 어머니를 아프게 했습니다.

'내게 거짓말을 하고 이 여자는 어디서 무엇을 하려나?'

그래서 나는 일찍 집으로 들어갔습니다.

집에 있는데 여자가 걱정됩니다.

'내게 거짓말한 게 가슴 아파서 잠을 설치면 어떡하나?'

그러면서도 지금 나는 휴대전화만 바라보고 있습니다.

'어머니가 많이 좋아진 것 같아요.

늦었지만 우리 집 앞에서 차 한잔할까요?'

여자가 이렇게 나를 찾아주기를 기다립니다.

사랑도 달과 같았으면 좋겠습니다.

차오르다가 기울고, 기울다가 차오르는 달과 같으면 좋겠습니다.

그러면 기우는 여자의 사랑이 다시

차오르기 시작할 때까지 기다리면 됩니다.

기다리는 건 얼마든지 할 수 있습니다.

그런데 기다리는 전화는 오지 않고

친구가 술 한잔하자고 불러냅니다.

'언제쯤 내게 헤어지자는 말을 할까?' 두렵습니다.

아무래도 오늘은 술 한잔해야 잠이 올 것 같습니다.

서머싯 몸이 말했습니다.
연애의 비극은 죽음이나
이별이 아니다.
두 사람 중 어느 한 사람이
이미 상대방을 사랑하지 않게
된 날이 왔을 때다.

사랑이란

첫눈에 마음에 들었습니다.

그래서 남자가 다가왔을 때 산에 올라가 소리라도

지르고 싶었습니다. 남자의 마음을 읽는 데 최선을 다했습니다.

영화를 보러 가던 남자가 하품을 하면 영화관으로 가지 않고

집으로 데려다 주고 돌아섰습니다.

"오늘은 쉬는 게 좋겠어요."

잠 많은 남자를 위해 아침마다 전화를 걸어 깨워 주고,

아침을 먹지 못하고 출근하는 것 같아 샌드위치를 만들어

남자가 다니는 회사로 먼저 출근했습니다.

남자에게 모임이 있고, 그래서 친구들과 늦게까지

술을 마시기라도 하는 날에는 근처에 있다가

술 취한 남자를 집까지 바래다주었습니다.

같이 밥을 먹을 때도 남자가 먹고 싶은 음식이 우선이고,

만나서 무엇을 할까? 고민할 때도

남자의 생각이 우선이었습니다.

남자가 오라면 오고, 가라면 갔습니다.

비빔밥을 먹자고 하면 자장면을 먹으려 하다가도

비빔밥을 먹었고, 남자가 만나자고 하면

선약도 취소하고 달려가 만났습니다.

언제 어디서든 그 남자가 우선이었습니다.

친구들이 '너무 잘 해주는 것도 안 좋아' 충고했지만

듣지 않았습니다. 남자의 휴대폰이 꺼져 있고,

일부러 피하는 것 같다는 생각이 스쳐도 그냥 '휴대폰을 끄고

잠시 쉬고 싶은가 보다'라거나 '오늘은 혼자 있고 싶은가 보다'

숨죽인 채 조용히 기다렸습니다.

그러다 남자에게 딴 여자가 있다는 이야기를

다른 이를 통해 듣게 되었습니다.

나는 그 남자와 헤어질 아무 준비도 되어 있지 않은데.

휴대전화가 계속 울립니다.

그 벨소리가 마음에 산사태를 일으킵니다.

진즉에 헤어지자는 말을 했어야 했습니다.

마음이 떠났을 때 말했어야 합니다.

가뜩이나 무거운 마음을 후회가 짓누릅니다.

하지만 그랬어도 여자는 곧이듣지 않았을 겁니다.

헤어지자는 말을 순순히 받아들이지 않았을 겁니다.

'피곤하지만 당신과 함께 영화를 보고 싶다'고 하면

막무가내로 집에 가라며 등을 떠미는 여자입니다.

헤어지자고 하면 틀림없이

'내게로 다시 돌아올 때까지 기다릴게요.'

다시 또 자신을 낮추고 이별을 받아들이지 않았을 겁니다.

친구들은 일편단심 민들레를 여자친구로 두어

행복하겠다고 부러워했지만 정작 나는 숨이 막혔습니다.

나의 하루 24시간은 그 여자의 것이었습니다.

그 여자는 내가 몇 시에 어디에 있어야 하는지를

나보다 더 잘 알았습니다.

'그 여자가 모르는 곳이 없을까?' 어느 날 보니

나는 이러고 있었습니다.

그 무렵이었습니다. 한 여자를 알게 되었습니다.

내가 전화를 해야 할 때 하지 않아도 '그럴 만한 이유가 있었겠지'

알아서 이해해 주는 여잡니다.

그 여자는 나를 자유롭게 해주었습니다.

윌콕스가 말했습니다.
사랑이란 남성에게 있어서는
소나기 같은 것에 불과할지 모르지만,
여성에게 있어서는
'죽음'이나 '삶' 둘 중 하나이다.

'이러지 말아야지, 이러면 안 되지.' 생각은 하면서도
새 인연에게 점점 더 끌려갔습니다.
어쩌면 내가 어디서 무얼 하는지 전혀 궁금해하지 않는 여자가
마냥 신기해 보였는지도 모르겠습니다.
이별이 먼저고, 새로운 만남이 나중이어야 한다는 것을
나도 잘 압니다.
알면서도 이별을 하지 못하고 새로운 만남을 이어갔습니다.
'내가 좀 더 노력할게요.' '내가 어떻게 해주기를 원하나요?'
헤어지자는 말에 여자가 어떻게 반응할까? 너무나 잘 알기에.
그래서 이별보다 만남을 먼저 하고 말았습니다.

변하는 것은 사랑이 아니라
사람이다

혼란스럽습니다.

마음이 동요합니다. 남자를 생각하는 시간이 점점 길어집니다.

사람이 준 아픔은 사람으로 잊어야 한다지만,

그래도 나는 지금 내게 일어나는 변화를

받아들이고 싶지 않습니다.

'내 평생 두 번은 허락하지 않을 사랑을 했었다.'

이렇게 간직하고 싶습니다.

슬프지만 후회는 없습니다.

슬프지만 후회는 없는 세월이 어느새 2년 반입니다.

그러나 겨우 2년 반밖에 지나지 않았는데,

지금 내가 흔들리고 있습니다.

"왜 그렇게 마음의 문을 굳게 닫아 놓고 있는 거죠?"

남자는 단숨에 내 마음을 꿰뚫어보았습니다.

말하지 않아도 마음을 알아주는 사람은 다시 쳐다보게 됩니다.

"그러지 말아요. 사랑이 변하는 게 아니라 사람이 변하는 겁니다.

그러니 사람이 변했다고 해서 사랑까지 외면하는 건

어리석은 일이에요."

남자가 이렇게 말할 때 나는 이렇게 생각했습니다.

'이 남자, 아직 사랑을 해보지 못했구나.'

사랑을 해보지 못한 사람들이 잘하는 말이 있습니다.

'내겐 당신밖에 없어요. 내 사랑은 당신뿐입니다.'

사랑이 지나가본 사람은 그 사랑의 맹세가

얼마나 헛된 것인지를 압니다.

"지금 날 비웃고 있나 봅니다. 그럼 이렇게 생각해 보세요.

사랑을 바꾸는 게 아니라

사람을 한번 바꿔 보자고……."

나는 요즘 남자에게 설득당하고 있습니다.

아니, 솔직히 설득당하고 싶습니다.

'날 조금만 더 설득해 봐요. 조금만 더 적극적으로 다가와 줘요.'

말하고도 싶습니다. 그럼에도 불구하고

나는 아직 그 말을 못합니다.

지난 내 사랑이 아무것도 아닌 게 될 것 같아서.

내 평생 두 번은 허락하지 않을 사랑이었다고 생각한

그 사랑이 희미해질 것 같아서.

한 여자를 만났습니다.

어딘가 모르게 슬퍼 보이는 여자.

웃고 있어도 울고 있는 것처럼 보이는 여자.

그 이유를 물었습니다.

여자는 '사랑의 아픔'을 지니고 있었습니다.

'그랬구나.'

비로소 차만 마시자고 해도 왜 그리 낯빛이 굳어졌는지,

이해됩니다.

여자에게서 예전의 내 모습을 봅니다.

여자네 집 앞에서 약속도 하지 않은 채

마냥 기다리면서도 행복했던 시절.

여자와 헤어지고 나서 '나는 여자의 맹세를 물에 적어 놓는다'는

소포클레스의 말을 떠올리며 견뎌야 했던 고통스러웠던 시절.

영원할 것 같았던 고통이 점점 사그라지는 걸 느끼며

씁쓸해하던 시절.

나는 그 시절 이야기를 여자에게 말해 주고 싶습니다.

'당신을 떠난 그 남자만 변하는 게 아닙니다.

당신도 변합니다.

또 나도 그렇게 변한 적이 있습니다.'

오늘도 여자의 마음을 조심스럽게 두드립니다.

'마음이 변하는 거, 사랑이 변하는 거는 죄가 아닙니다.

당신도 나처럼 생각할 수 있었으면 좋겠습니다.'

다시 사랑하게 되면 지난 사랑이 아무것도 아닌 게

되어 버릴 것 같아서
마음을 열지 못하는 여자에게
나는 조금씩, 조금씩 다가가려고 합니다.

톨스토이가 말했습니다.
한 사람을
평생 동안 사랑할 수 있다고
단언하는 것은 한 자루의 초가
평생 동안 탈 수 있다고
단언하는 것과 마찬가지이다.

이별이란 세상을 다 잃는 것

● 왼쪽으로 가는 여자

어젯밤에는 전화가 오지 않았습니다.

막상 소식이 없으니 걱정되고 궁금합니다.

그런데도 나는 휴대전화만 만지작거립니다.

헤어지자고 한 사람은 나.

그 남자로 하여금 술에 취해 밤마다 전화를 걸어

아무 말 못하고 전화를 끊게 만들어 놓은 사람도 나입니다.

그런데 어젯밤에 전화가 오지 않았다고

걱정하며 궁금해하다니…… 말이 안 됩니다.

남자와 절친한 친구에게 전화를 걸어 물어볼까? 생각하다가

이건 더더욱 말이 안 되는 일이라고 나를 힐책합니다.

가슴에 점점 더 많은 이야기들이 흘러들어 고입니다.

'지금 당신만 힘들다고 생각하지는 말아요.

당신이 힘든 만큼 나도 힘듭니다.

어쩌면 당신보다 내가 더 힘들지도 모릅니다.

나도 지금까지는 상처를 받는 사람이

더 힘들 거라고 생각했었습니다.

하지만 꼭 그렇지만도 않다는 걸 이번에 알았습니다.

상처를 준 사람은 자신이 누군가에게 상처를 주었다는

사실 때문에 또 고통스럽습니다.

아픔의 모양새가 달라서 그렇지, 느끼는 아픔은 똑같다는 걸

당신이 알았으면 좋겠습니다.'

남자에게 하고 싶은 말들을 허공에 대고 하염없이 주절거립니다.

오늘 밤에도 전화가 걸려 오지 않는다면

허전하고 쓸쓸할 것 같습니다.

만나는 것보다 헤어지는 게 더 어렵다는 말이

오늘따라 가슴 깊숙이 파고듭니다.

"나도 힘들어요."

분명히 이렇게 말했습니다.

술을 마시지 않고는 전화를 걸 수가 없어서

다시 술의 힘을 빌려 전화를 걸었던 밤,

여자는 틀림없이 그렇게 말했습니다.

도대체 이건 또 무슨 의미인지 모르겠습니다.

헤어질 결심을 했다면 뒤도 돌아보지 않고 갈 것이지

'나도 힘들어요.' 왜 여지를 남기는 건지.

내가 싫어서 헤어지는 것 같지 않다는 실낱같은 희망이 생깁니다.

'그런데 그게 무슨 상관이야? 여자가 헤어지자고 했다면서?'

굳이 말해 주지 않아도 잘 알고 있는 이야기를

친구가 새삼 들추어 쐐기를 박습니다.

가슴이 부풀다 이내 폭 꺼집니다.

왜 헤어져야만 하는지 그 이유나 알고 헤어지면

이보다는 덜 답답할 것 같습니다.

'다른 남자가 생겨서?' 그건 아니라고 했습니다.

'내가 싫어져서?' 그것도 아니라고 했습니다.

그러면서 무조건 헤어지자고, 앞으로 연락하지 말라고만 했습니다.

그동안 여자가 보여주었던 미소와 몸짓, 이야기들,

그리고 여자로 인해 더할 나위 없이 충만했던

나의 일상들이 주마등처럼 지나갑니다.

그것들을 어떻게 다 잊으라고.

이별의 이유도 모른 채 헤어져야 하는 입장을

한 번이라도 상상해 본 적은 있는 걸까?
그랬다면…… 그랬다면 적어도 이렇게는 할 수 없습니다.

키르케고르가 말했습니다.
실연이란 세상을 잃는 것이다.
지독한 실연 뒤에는 무의미만 남는다.
철저하게 절망할 수 있는 것이
인간의 능력이라는 걸 깨닫게 된다.
세상을 잃음으로써 세상의 구조를 알게 된다.

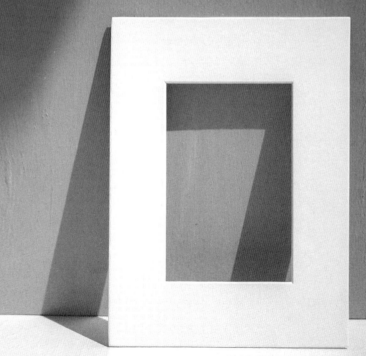

헛된 사랑이었다고 말하지 마라

● 왼쪽으로 가는 여자

날마다 문자 메시지를 주고받는 남자가 있습니다.

보고 싶은 영화나 연극이 있으면 떠오르는 남자입니다.

해 질 무렵, 가슴에 붉은빛 노을이 지면

만나러 가게 되는 남자입니다.

그래서 사랑하는 남자인 줄 알았습니다.

적어도 '다른 남자'가 나타나기 전까지는.

요즘 나는 '다른 남자'에게 문자 메시지를 보내고 싶을 때마다

편하게 문자 메시지를 주고받는 남자에게 보냅니다.

그것도 모르고 그 남자, '이제야 내 존재의 소중함을

깨달은 것'이라고 좋아합니다.

그것도 모르고 '다른 남자'는 자기 좀 쳐다봐 달라고 조릅니다.

요즘 나는 '다른 남자'와 영화를 보러 가고 싶으면서도

그 마음 꾹꾹 눌러 가며 그동안 만나온 남자와 습관처럼

영화를 보러 갑니다.

가서도 영화는 보지 않고, 다른 남자만 생각합니다.

친구들이 남자보다 눈치가 빠릅니다.

"차라리 헤어져라. 헤어지고 그 남자를 만나라."

그러나 말처럼 헤어지자고 하기가 쉽지 않습니다.

미안해서 입이 떨어지지 않습니다.

한 남자는 온 힘을 다해 문을 닫고 있어도

막무가내로 열고 들어오는데,

한 남자는 문을 활짝 열어 놓았는데도 나가질 않습니다.

이러다가는 내 마음의 방에 두 남자가 공존할 것 같습니다.

보다 못한 친구가 버럭 화를 냅니다.

"네가 남자라고 생각해 봐. 그 남자가

또 다른 여자를 바라보며 네게 미안해서

계속 너를 만나고 있다고 생각해 보라구!"

'그래, 미안해할 일이 아니다.' 나는 남자를 만나러 갔습니다.

만나서 우리 이제 그만 헤어지자고 말했습니다.

그 이유는 차마 말하지 못했습니다.

다행히 남자도 묻지 않았습니다.

"우리 이제 그만 만나요."

여자가 이별을 고합니다. 짐작했던 일이라 그런지 덤덤합니다.

차마 헤어지자는 말을 못하고 괴로워하더니.

여자가 무척 애처로워 보입니다.

사실 화가 나고 슬퍼야 하는데,

화도 나지 않고 슬프지도 않습니다.

그동안 마음고생이 심했을 여자의 고통이 먼저 느껴집니다.

나를 만나는 여자의 마음에 애초부터 사랑은 없었습니다.

내가 여자를 사랑하기 때문에 압니다.

대신 여자가 부를 때마다 달려갈 수 있다는 것으로

위안을 삼았습니다.

그런데 얼마 전부터 여자의 눈빛이 예전과 달랐습니다.

얼마나 기다려온 일인지.

그러나 곧 나로 인한 변화가 아니라는 것을 알았습니다.

셰익스피어의 「한여름 밤의 꿈」에 '사랑의 꽃' 이야기가 나옵니다.

잠들었을 때 눈에 바르면 깨어나 처음 보는 사람과

사랑에 빠진다는 꽃.

여자의 눈에 '사랑의 꽃'을 바르고

깨어나 처음 보는 사람이 나이기를 간절히 원했습니다.

그러나 여자는 내가 아닌 다른 남자를 보았습니다.

그러고는 차마 헤어지자는 말을 하지 못하더니……

오늘에야 입을 엽니다.

차마 하지 못했던 말을 용기 내어 말할 정도로

그 남자를 사랑하나 봅니다.

큐피드의 화살이 다른 남자를 관통했습니다.

이별을 고하는 여자에게 더는 무거운 짐을 얹어줄 수 없어

가볍게 받아넘겼습니다.

"우리가 언제 사귀기라도 했었나? 왜 좋아하는 남자라도 생겼어?"

헨리 워즈워스 롱펠로는 말했습니다.

헛된 사랑이었다고 말하지 마라. 사랑은 결코 낭비되지 않았다.

비록 그것이 상대방의 마음을 윤택하게 하지 못했다 하더라도

그 물은 빗물과 같이 다시 그들의 생으로 돌아와

새로움으로 가득 채워진다.

사랑도 사람이 하는 일이라……

● 왼쪽으로 가는 여자

"그 녀석, 떠났습니다."

착잡한 얼굴로 남자의 친구가 말했습니다.

말은 알아들었는데 그게 무엇을 의미하는지,

확인이 필요했습니다.

지난 주말에 만났었습니다.

그때 한 며칠 바빠서 연락을 못할지 모른다고 했습니다.

정말 그뿐입니다. 유난히 쓸쓸해 보이던 얼굴이

비로소 가슴으로 파고듭니다.

'독한 남자!'

독하다는 말의 의미를 태어나 처음으로 실감합니다.

하지만 그 정도로는 부족하다고 여겼는지

남자의 친구는 계속 말을 이어갑니다.

나는 전부 다 처음 듣는 얘기들입니다.

"그 녀석이 말을 하지 않은 게 많았을 겁니다."

민망했던지 남자의 친구가 애써 변명합니다.

남자의 아버지는 친구와 동업으로 자그마한 사업을 했다고 합니다.

그런데 6개월 전, 동업하던 친구가 아버지를 배신해,

남자네는 집을 줄여 이사를 갔다고 합니다.

당시 남자의 미래에 대한 계획서에는 나와 함께 유학을 가는 게
들어 있었지만 이제 어쩔 수 없이 그 부분을 삭제하고,
대신 부모님과 동생을 책임지는
프로그램이 들어간 것 같습니다.
이렇게 남자는 혼자 인생을 수정하고, 나를 떠날 준비를 한 뒤,
마지막으로 만난 다음 날 아침에 홀로 떠나버린 겁니다.
기가 막힙니다.
그런 이야기를 이제 와서 친구로부터 듣게 만드는 남자.
사기를 당한 기분입니다.
"그 녀석이 정말 많이 좋아했었습니다. 그래서 차마 헤어지자는
말을 하지 못하고 떠난 것 같습니다. 그 녀석을 이해해 주세요."
뭘 이해하라는 건지.
온몸의 피가 빠져나가는 듯 현기증이 납니다. 속이 울렁거립니다.

여자친구를 바래다주고 돌아오는 길에 아버지를 보았습니다.

밤늦은 시각에 집 앞에 앉아 있는 아버지. 불길했습니다.

'아버지로 하여금 선뜻 집에 들어갈 수 없게 만든 이유가

대체 뭘까?'

나는 조심스레 다가가 고개를 숙이고 앉아 있는

아버지 곁에 앉았습니다.

아버지는 내 등장에도 놀라는 기색 없이 담담하게 말씀하셨습니다.

"당분간 고생 좀 해야 할 것 같구나.

어쩌면 당분간이 아닐지도 모르고."

아무것도 모르는 어머니가 "어떻게 둘이 같이 들어와요?

나만 빼놓고." 질투했습니다.

평소 같으면 그 말에 기분 좋아 어쩔 줄 몰라하실 아버지.

어머니와 눈도 맞추지 못하고 방으로 들어갔습니다.

그날 밤, 나는 뜬눈으로 밤을 새웠습니다.

양복을 입고 돌계단에 앉아 계시던 아버지.

구겨진 와이셔츠, 풀어진 넥타이, 낡은 헌 구두,

어머니와 눈도 맞추지 못하고 황급히 방으로 들어가시던

아버지의 뒷모습.

나는 유학을 포기하고 취직하기로 결심했습니다.

여자와도 헤어지기로 했습니다.

그러나 아버지의 뜻이 워낙 완강해 유학은 떠나기로 했습니다.

단, 가고 싶었던 대학은 아닙니다.

장학금을 받을 수 있는 곳으로 가기로 했습니다.

여자와도 아직 헤어지지 못했습니다.

그사이에 있었던 많은 변화들.

아직 여자에게는 말하지 못했습니다.

그녀가 떠난다 해도 상처일 것 같았고,

곁에 남아 있어 준다 해도 상처일 것 같습니다.

그래도 떠나기 전날엔 꼭 이야기해 주려고 했는데,

그조차 차마 하지 못하고 떠나왔습니다.

나는 매일 밤, 여자에게 메일을 보냅니다.

내 메일함에는 내가 여자에게 보낸 메일이 쌓여 갑니다.

인도 격언입니다.

만약 당신이 사랑과 기구한 운명과

괴로움 속에 있다면,

그것은 당신이 인간이기 때문이다.

이별, 그 후

● 왼쪽으로 가는 여자

"우리 이제 그만 만나자."

남자에게 이별을 통보받은 뒤 일주일째 아무것도 먹지 못합니다.

그냥 이대로 죽어 버리고 싶습니다.

그런데도 일상은 참 잔인합니다.

일상에 이토록 잔인한 면이 곳곳에 숨어 있는 줄

예전엔 미처 몰랐습니다.

식음을 전폐하고 드러눕고 싶지만,

하고 싶은 대로 할 수가 없습니다.

죽고 싶은 마음으로 아침에 일어나 세수를 하고,

밥을 먹고, 출근을 하고…….

내 마음의 절망과는 상관없이 멈출 수 없는 가혹한 일상,

이것이 지금 내겐 또 하나의 절망입니다.

'버리는 사람과 버림받은 사람 중 누가 더 힘들까?

그건 절대적으로 버림받은 사람 쪽이다.'

나는 자꾸 이런 생각만 하게 됩니다.

이런 나를 보며 친구들이 입을 모아 위로합니다.

"시간이 지나면 괜찮을 거야."

"사람은 다른 사람으로 잊는 거야. 그러지 말고

다른 사람을 만나보는 건 어때?"

하지만 위로가 되지 않습니다.

나는 버림받은 여자입니다.

버려졌다는 느낌이 얼마나 초라한지는

버림을 받아 보아야만 알 수 있습니다.

"그럼 이렇게 생각해 봐요. 한때 진심을 다해 사랑했던 남자가

있었다는 것만으로도 당신은 행복한 여자라고."

누군가 그렇게 말합니다.

그럴까? 그런 걸까? 그렇게 생각해도 되는 걸까?

마음을 옥죄고 있던 절망이 조금 느슨해집니다.

숨쉬기가 한결 편합니다.

편해지는 것과는 또 다르게 여전히 씁쓸하고 쓸쓸합니다.

'세월이 사랑을 잊게 만든다,

세월만이 사랑의 상처를 치유할 수 있다.'

이 말 때문인 것 같습니다.

지금 난 죽고 싶을 정도로 고통스러운데,

그 고통이 시간만 지나면 엷어진다고 합니다.

참으로 잔인한 말이 아닐 수 없습니다.

'어떻게 지내고 있을까?'

여자가 보고 싶습니다. 그립습니다.

'만나는 남자는 있을까? 천진한 웃음은 여전할까?

내 앞에서처럼 다른 남자 앞에서도 그렇게 웃을까?

아직 나를 기억할까? 가끔 내가 생각나기는 할까?'

모두 다 궁금합니다.

'너는 버림받은 사람이 버리는 사람보다

훨씬 더 견디기 힘들다고 생각하지?

그래서 힘들지? 하지만 그렇지 않아.' 혼자 중얼거립니다.

여자에게 꼭 해주고 싶은 말이지만 할 수가 없습니다.

이 말을 품고 살아가려니 참 힘듭니다.

우리 둘이 맺어지기 힘들다는 것을

정이 깊게 들고 난 후에 알았습니다.

고통스럽게 갈등하고 방황하다가 이별을 선택했습니다.

'그녀를 위해 내가 어떻게 해주는 것이 좋을까?'

숨겨 가며 고민하고 방황하던 날들은 그나마 행복했습니다.

적어도 그때는 여자를 만날 수 있었으니까.

이별할 날을 혼자 손꼽아 가며 사랑하는 사람을 만나는 일은

고통스러웠지만 사랑하는 여자에게 '우리 그만 만나자'라고

말해야 하는 고통과 비할 수는 없습니다.

하지만 헤어지고 보니 그보다 더 고통스러운 일은

보고 싶어도 볼 수 없고,

만나고 싶어도 만날 수 없다는 사실입니다.

'날 많이 원망하고 있겠지. 내 마음도 모르고.'
누군가 나의 마음을, 진심을 여자에게 대신
해주었으면 좋겠습니다.
아니, 부질없는 일입니다.
어차피 맺어질 수 없는 우리 둘의 모진 인연.
그래서 오늘도 혼자 가슴앓이를 하고 있습니다.

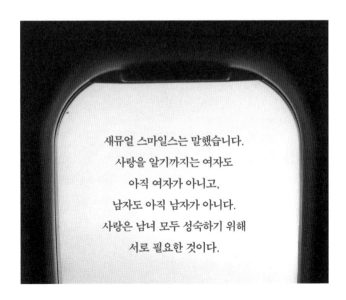

새뮤얼 스마일스는 말했습니다.
사랑을 알기까지는 여자도
아직 여자가 아니고,
남자도 아직 남자가 아니다.
사랑은 남녀 모두 성숙하기 위해
서로 필요한 것이다.

옛사랑이 살던 가슴에
새 사랑을 품는 일

● 왼쪽으로 가는 여자

"한번 만나보지 그러니?" 친구가 조심조심 묻습니다.

친구의 남자친구가 내게 남자를 소개해 주고 싶어 합니다.

소개팅을 제안받는데 왜 '사랑이란 참 허망한 것'이라는

생각이 드는 것인지…….

3년 전입니다.

한 남자와 헤어졌습니다. 그때 나는 두 번 다시

사랑을 못할 줄 알았습니다.

많이 사랑했기 때문에 이별의 고통도 컸습니다.

그런데 고작 3년이라니. 사랑의 흔적이, 상처가 희미해지는 데

고작 3년이라니.

친구도 내심, 내가 거절할 줄 알았나 봅니다.

그런 내가 고개를 끄덕이자 조금 놀라는 눈치입니다.

세월이 흐르면 상처가 치유되기 마련이라는

어른들의 말이 맞는 것 같습니다.

그러나 그 남자를 잊어서, 이별의 상처가 아물어서

새 인연을 꿈꾸는 것은 아닙니다.

그저, 누군가를 다시 만나고 싶습니다.

이제 사랑을 시작하면 잘할 수 있을 것 같습니다.

'후회 없는 사랑'을 할 것 같습니다.

그런데 소개팅에 나가자마자 후회할 일을 만들고 말았습니다.

나는 사랑을 믿지 않는다고,

변치 않는 게 사람의 마음이 아니라

수없이 변하는 게 사람의 마음이라고,

그만 처음 만난 남자에게 말해 버렸습니다.

왜 그런 말이 튀어나왔는지 모르겠습니다.

'혹시 지금 이 남자가 마음에 드나?

그래서 마음에도 없는 말이 툭 튀어나온 걸까?'

어쩌면 남자가 이렇게 말해 주기를 바랐는지 모릅니다.

'아뇨. 전 사랑을 믿습니다. 사랑은 변하지 않아요.

다만 마음이 변할 뿐이지요.'

호감을 숨기려고 반대로 이야기했는지도 모릅니다.

데이트하러 가는 친구를 따라갔다가
친구가 사귀는 여자의 단짝 친구를 만났습니다.
"이것도 인연입니다."
친구가 너스레를 떠는 바람에 붙들려 넷이서 함께
어울리다 헤어졌습니다.
그런데 그날 이후로 여자의 모습이 그림자처럼 따라다닙니다.
안주를 집어 들던 가녀린 손,
머리카락을 뒤로 쓸어 넘기는 모습,
가슴에 슬픔이 가득 고여 있는 듯한 표정과 조용한 얼굴.
친구에게 여자를 다시 한 번 만나게 해달라고 졸랐습니다.
친구는 잠시 망설이더니 여자친구에게 물어보겠다고 했습니다.
무척 짧은 순간, 친구의 망설이는 모습에서
'여자에게 사귀던 사람이 있거나, 헤어졌구나.'
여자의 사연을 읽을 수 있었습니다.
일주일 뒤, 친구는 열한 개의 숫자를 불러 주며 말했습니다.
"그 여자 휴대전화 번호다."
마치 합격통지서를 받은 기분입니다.
곧바로 전화를 했고, 다음 날 만났습니다.
짐작했던 대로 여자는 헤어진 남자친구를
아직 마음에서 내보내지 못하는 것 같았습니다.

자꾸 '사랑'과 '사람의 마음'에 대해서만 말합니다.
'무슨 의도일까?' 혼란스럽습니다.
'혹시 나를 받아들일 수 없다는 마음을
이렇게 돌려서 이야기하고 있는 건 아닐까?
아니면 자신에게 사귀다 헤어진 남자친구가 있다는 걸
고백하는 것일까?'
여자의 그런 말들이 나를 거부하는 마음 때문이
아니었으면 좋겠습니다.

피에르 마리보가
말했습니다.
여자의 마음에
아무리 큰 슬픔이
가득 차 있어도,
사랑을 받아들일 한구석조차
남아 있지 않은 것은
절대 아니다.

날 사랑하기는
했던 것일까?

● 왼쪽으로 가는 여자

"그 남자는 네가 마음에 든단다."

말해 놓고, 엄마는 대답을 기다립니다.

나는 엄마가 듣고 싶어 하는 대답을 압니다.

또 내가 무슨 말을 하고 싶어 하는지도 압니다.

대답을 기다리다가 엄마는 눈으로 말합니다.

'엄마를 봐. 엄마를 보면

네가 어떤 선택을 해야 하는지

보이지 않니?'

어머니는 부모가 반대하는 결혼을 했습니다.

가난이 무엇인지 모르고 자란 여자와

가난밖에 모르고 자란 남자의 만남.

두 분은 여전히 금슬이 좋지만 아버지는

지금까지도 외갓집 식구들과 잘 어울리지 못합니다.

사는 내내 어머니는 마음고생이 심했습니다.

그래서 소위 말하는 '조건'이란 게 결혼에 얼마나

큰 영향을 미치는지 어려서부터 보아왔기에 너무나 잘 압니다.

'헤어지자.'

나는 어머니에게 나를 마음에 들어한다는 남자를

만나겠다고 했습니다.

이제 어떻게 헤어지나. 이것만 남았습니다.

그래서 혼자 여행을 떠났습니다.

느닷없는 이별에 슬퍼할 남자를 그립니다.

자신이 없습니다.

'어떻게 정을 떼나?'

가슴이 미어집니다.

남자는 틀림없이 확인하고 싶어 할 겁니다.

"날 사랑하기는 한 거였니?"

미리 답안지를 작성해 봅니다. "아니."

나는 이 답을 달달 외울 겁니다.

그런데……

그런데……

이 짧은 한 마디가 외워지질 않습니다.

여자가 혼자 여행을 떠났습니다.

서운했지만 내색하지 않고 배웅했습니다.

여행 중에 휴대전화를 꺼놓겠다고 했습니다.

몹시 서운했지만 그러라고 했습니다.

혼자 여행을 떠나고 싶다 했을 때도, 여행을 갔다 왔을 때도,

나는 그 어떤 의심도 하지 않고 여자를 이해하려 했습니다.

여자를 의심한 건 친구들이었습니다.

'아무래도 이상하다. 여자가 혼자 여행을 가겠다는 건

무언가 심정에 변화가 있다는 건데?'

불안했습니다.

나는 왜 믿을 줄만 알고 의심할 줄은 모를까⋯⋯

믿음의 방문을 닫자 의심의 방문이 열립니다.

여자는 여행에서 돌아오는 길에 만나자는 전화를 했습니다.

나는 선약을 취소하고 달려갔습니다.

하지만 나는 지금,

차라리 선약이 있다고 말하지 못한 것을 후회합니다.

혼자 여행을 간다고 할 때 말리지 못한 것을 후회합니다.

후회만 남기고 가는 사랑.

'날 사랑하기는 한 걸까?'

묻고 싶습니다. 그러나 묻지 않을 겁니다.

"아니요."

이 말만은, 이 말만은 듣고 싶지 않습니다.

R. 렘브케는 말했습니다.
사랑은 발끝으로
살금살금 걸어오지만
떠날 때는 문을 쾅 닫고
나가 버린다.

왼쪽으로　가는 여자
오른쪽으로 가는 남자

증보판 1쇄 발행 2020년 10월 20일

지은이 윤석미
펴낸이 계명훈
기획·진행 f·book
　　　　　김수경, 김연, 박혜숙, 김진경, 함세영
마케팅 함송이
경영지원 이보혜
디자인 design group All
출력·인쇄 다라니인쇄

펴낸 곳 for book
　　　　서울특별시 마포구 만리재로 80 예담빌딩 6층
　　　　02-753-2700(판매) 02-335-3012(편집)
출판 등록 2005년 8월 5일 제 2-4209호

값 15,000원
ISBN 979-11-5900-107-9　03810